ro
ro
ro

rororo

Wolfgang Herrndorf, 1965 in Hamburg geboren und 2013 in Berlin gestorben, hat ursprünglich Malerei studiert. 2002 erschien sein Debütroman «In Plüschgewittern», 2007 der Erzählband «Diesseits des Van-Allen-Gürtels». Es folgten die Romane «Tschick» (2010), mittlerweile in sechsunddreißig Sprachen übersetzt, «Sand» (2011), ausgezeichnet mit dem Preis der Leipziger Buchmesse, sowie posthum das Tagebuch «Arbeit und Struktur» (2013) und der unvollendete Roman «Bilder deiner großen Liebe» (2014).

«Schöne kurze Geschichten über Kindheit und erste Liebe und Sätze zum Einrahmen.» (Tagesspiegel)

«In einer Mischung aus Autobiografie und Fiktion sind es kleine, feinst geschliffene Prosastücke – manchmal tieftraurig, manchmal urkomisch, aber immer brillant.» (Berliner Zeitung)

Wolfgang Herrndorf

STIMMEN

Texte, die bleiben sollten

Rowohlt Taschenbuch Verlag

Herausgegeben und mit einem Nachwort von
Marcus Gärtner und Cornelius Reiber.

Veröffentlicht im Rowohlt Taschenbuch Verlag,
Hamburg, Oktober 2020

Covergestaltung Anzinger und Rasp, München
Satz aus der Caslon 540
Gesamtherstellung CPI books GmbH,
Leck, Germany
ISBN 978-3-499-27618-7

Die Rowohlt Verlage haben sich zu einer nachhaltigen Buchproduktion verpflichtet. Gemeinsam mit unseren Partnern und Lieferanten setzen wir un für eine klimaneutrale Buchproduktion ein, die den Erwerb von Klimazertifikaten zur Kompensation des CO_2-Ausstoßes einschließt.
www.klimaneutralerverlag.de

I

Meine erste Freundin hieß Katharina Rage, ich war fünf Jahre alt. Wir wohnten im selben Treppenhaus. Im Flur hingen Briefkästen mit Hammerschlaglack, in denen wir mit Zweigen rumstocherten, bis die Post rausfiel. Ich stand dabei mit einem Fuß auf der Treppe. Auf der achten Stufe von unten war ein Totenkopf.

Rages wohnten zwei Stockwerke über uns. Als ich zum ersten Mal bei ihnen auf dem Balkon stand und von ganz oben über die Felder sah, wollte ich nicht mehr weg. Katharinas Mutter kämmte ihr die Haare. Sie waren lang und glatt, bevor sie gekämmt wurden, und sie waren lang und glatt hinterher. Ich wurde gefragt, ob ich auch gekämmt werden wollte. Ich küsste Katharina.

Jeden Tag waren wir draußen. Katharina durfte bis zum Zaun, ich durfte überallhin. Ich bekam auch nie eine Zeit mit, ich durfte alles. Bevor wir unter dem Stacheldraht durchkrochen, schaute Katharina sich um, dann liefen wir ins Kornfeld. Wir zerdrückten Erdklumpen mit Stöcken und schütteten einen Kaninchenbau zu. Der Himmel war von Licht gesprenkelt, die Bäume waren hoch, die Felder gelb. Das war jeden Tag so, es änderte sich nie.

Auch wenn meine Erinnerung mich trügt, kann es nur ein Sommer gewesen sein, in dem ich Katharina kannte. Wir hatten im Feld einen Puppenstuben-Blechherd gefunden. Ich besorgte Streichhölzer, und wir machten Feuer mit Gras und Zweigen und Vogelfedern und Draht und Lehm und Tannenzapfen. Nicht alles brannte, die Flammen leckten aus der runden Öffnung. Einmal berührte ich mit dem Finger den glühenden Herd, es war ein furchtbarer Schmerz. Wenn Katharina nicht hinsah, steckte ich den Finger in den Mund. Auch nach langer Zeit ließ der Schmerz nicht nach, und ich war mir nicht sicher, ob er mich nicht mein restliches Leben begleiten würde. Zum Abschied nahm ich Katharina in den Arm und versteckte meinen Kopf in ihren braunen Haaren, damit sie nicht sehen konnte, wie ich an meinem Finger lutschte.

Zu Hause hielt ich meine Hand in einen Plastikbecher mit kaltem Wasser und lief damit durch mein Zimmer. Meine größte Sorge war, dass meine Eltern den Becher bemerken könnten, bemerken könnten, dass ich durch eigene Dummheit für immer beschädigt war. Vor dem Einschlafen schob ich den Becher unter mein Bett, und als meine Mutter mich geküsst und das Licht gelöscht hatte, zog ich ihn wieder heraus. Mit dem Arm über der Bettkante schlief ich ein.

Am nächsten Tag zeigte ich Katharina meinen Finger. Sie zeigte mir ihren, der ebenfalls verbrannt war. Wir verglichen die glatten Fingerkuppen. Katharina sagte, sie habe es niemandem erzählt und ihre Hand den ganzen Abend in einen Eimer gehalten, und damit sei sie auch schlafen gegangen. Ich war überzeugt, dass wir eines Tages heiraten würden.

Als ich in die Schule kam, lernte ich Fridtjof kennen, der mein bester Freund wurde, und ich verlor Katharina aus den Augen. Wir wohnten noch mindestens zehn Jahre lang im selben Treppenhaus, ohne miteinander zu tun zu haben. Nur einmal wollte jemand wissen, wie Katharina und ich uns früher geküsst hätten. Ich demonstrierte es, alle lachten, und mir machte das nichts aus. Es war die letzte Berührung mit einem Mädchen, bis ich erwachsen war.

Die Leichtigkeit, mit der das Geschlechterverhältnis praktiziert wurde, konnte ich nie begreifen. Wenn Fridtjof zu Besuch war, fragte mein Vater oft – er fragte immer nur, wenn Fridtjof zu Besuch war –, ob ich denn schon eine Freundin hätte. Dann fragte er meinen besten Freund, und mein bester Freund erzählte manchmal von einem Mädchen, das er toll fand. Mein Vater antwortete jedes Mal, er habe in unserem Alter schon fünf Freundinnen gehabt. Es klang so, als sei es großartig, fünf Freundinnen zu haben, oder als sei das ein großer Witz. Ich verstand den Witz nicht. Mit sechs Jahren hatte ich noch keine sehr bildhafte Vorstellung von der Liebe, aber Mädchen machten genau den gleichen Eindruck auf mich wie zu jeder späteren Zeit. Ich mochte erwachsene Frauen, wegen ihres Körpers. Aber ich verliebte mich in ein Mädchen aus meiner Klasse. Sie hieß Susanne Lemke. Ich erzählte niemandem etwas davon, am wenigsten ihr selbst.

Ich habe sie genauso geliebt, wie ich als Erwachsener geliebt habe. Es war nichts Schlichtes oder Beiläufiges. Es war ein Sechzehn-Tonnen-Gewicht, das herunterfiel. Ich blieb in Susanne Lemke verliebt bis zum Ende der vierten Klasse, dann zog ihre Familie in eine andere Stadt, und ich kam aufs Gymnasium. Dort dachte ich noch ein Jahr an Susanne Lemke, dann verliebte ich mich in Martina Schleifheim, das dauerte bis zum Ende der Sechsten. Martina Schleifheim fehlte ein Finger an der linken Hand, den sie sich beim Schlittschuhlaufen abgefahren hatte. In der Siebten kam Caroline Metzger in unsere Klasse, eine Sitzenbleiberin. Sie hatte einen Busen, und ich war zwei Jahre lang in sie verliebt. In der Neunten liebte ich wieder Martina Schleifheim, die sich vollkommen verändert hatte. Zwischendurch verliebte ich mich im Urlaub in ein Mädchen aus Köln, das, glaube ich, Stephanie Gotterbarm hieß. Ab der Zehnten hieß meine Liebe Yvonne Mai. Mit keinem dieser Mädchen habe ich mehr als drei Sätze geredet.

1996 hatte ich mein erstes 56k-Modem. Ich suchte nach bekannten Namen und fand keinen einzigen. Es dauerte drei Jahre, bis einer aus meinem Abiturjahrgang im Netz auftauchte, und fünf Jahre, bis ich sein Foto entdeckte. Es war das Foto eines alten Mannes. Es musste viel Zeit vergangen sein. Auf ein Abiturtreffen bin ich nie gegangen, ich habe auch sonst allen Kontakt zu meinen Mitschülern verloren, aber im Netz suche ich regelmäßig nach ihren Namen, meistens, wenn ich deprimiert bin. Die Suche deprimiert mich dann noch mehr. Mehr als zehn Jahre nach der allgemeinen Verbreitung des Internets sind weniger als fünf Prozent meiner Jugendfreunde auffindbar. Wenn jemand auftaucht, hat er einen bis zwei Treffer in Form von Gästebucheinträgen mit gmx-Adresse. Beruflich scheinen die meisten in einem Psycho- oder Heilpraktikergewerbe gelandet zu sein. Von allen meinen Jugendlieben gibt es nur einen einzigen Treffer: Martina Schleifheim, eine Adresse bei Siemens. Von Katharina Rage habe ich nie wieder gehört.

Vor zwei Jahren erzählte meine Mutter mir, sie habe Frau Rage beim Einkaufen getroffen. Der Vater sei gestorben, Frau Rage nach Morsum gezogen, Katharina lebe in Berlin. Ich schaute im Berliner Telefonbuch nach, aber da ist sie auch nicht drin. Ich hoffe, dass kein Foto von ihr auftaucht. Der Tag im Kornfeld, bevor wir uns die Hand verbrannten, war in gewisser Weise der perfekte Tag.

Zu Beginn meiner Pubertät begann sich der Freundeskreis meiner Kindheit langsam aufzulösen, und es folgte nicht viel nach. Ich war oft allein, litt aber keine Langeweile. Nur meine Mutter muss um meine Entwicklung besorgt gewesen sein; sie unternahm allerlei Versuche, mir Spielkameraden zu besorgen. Ich hatte sie nicht darum gebeten, und es war grauenvoll. Schon als ich noch ganz klein war, sagte sie auf dem Spielplatz oder am Strand oder sonst wo, kaum dass wir angekommen waren, immer in dringlichem Tonfall: «Guck mal, da sind ganz viele Kinder. Vielleicht kannst du da mitspielen.» Das hatte ich meistens ohnehin vorgehabt, aber nach dieser Aufforderung wurde mir der sensible Prozess des Kennenlernens erschwert durch den Gedanken: «Hallo, ich soll hier mitspielen, weil es meine Mutter glücklich macht.»

In der Pubertät wurde alles anders, meine Mutter änderte ihre Strategie. Ob sie das tat, weil ich zu dieser Zeit vereinsamte, oder ob ich vereinsamte, weil sie die Strategie änderte, lässt sich nicht mehr so klar sagen. Jedenfalls plante sie Verabredungen für mich. «Ich habe dich zusammen mit Oliver Grmbrm (Name geändert) aufgehängt», eröffnete sie mir eines Tages im Tennisclub. (An einer grünen Tafel wurden die Namensmarken aufgehängt, um einen Platz zu reservieren. Ein verbindliches Ritual.) «Was?», rief ich, denn mir schwante Übles. Ich kannte keinen Oliver Grmbrm. Meine Mutter zeigte diffus in eine Richtung, wo gerade ein Spacken zusammen mit seiner Mutter das Gelände verließ.

«Auf gar keinen Fall», sagte ich. «Da geh ich nicht hin. Ich weiß überhaupt nicht, wer das ist.»

«Aber warum, vielleicht ist er doch ganz nett.»

«Vielleicht auch nicht! Und ist mir wurscht, ob er nett ist.»

«Aber jetzt haben wir euch schon aufgehängt.»

«Du hättest mich vorher fragen müssen!»

«Aber du warst gerade nicht da.»

«Nein! Nein! Nein!» etc.

Dabei war mir damals schon klar, wie solche Dinge zustande kamen. Meine Mutter und Frau X saßen auf der Terrasse und unterhielten sich über ihre Söhne. Sagt die eine: Er hat ja nicht viel Freunde. Sagt die andere: Oh, meiner auch nicht! Der Rest war reine Formsache, und das Ergebnis lautete: Samstag, acht Uhr früh, Tennisspielen mit Oliver Grmbrm.

Oliver Grmbrm war mir auf Anhieb unsympathisch, ein kontaktgestörter Dreizehnjähriger, hühnerbrüstig, ergeben, nerdisch, mein Spiegelbild, und ich dachte, gut, bringen wir die Peinlichkeit hinter uns, sieht ja keiner. Wir spielten ein paar Bälle übers Netz, und nach wenigen Sekunden ging Oliver Grmbrm auf seiner Seite in die Knie, krabbelte wie ein Hund die Grundlinie entlang und verharrte dort. Ich stand auf der anderen Seite des Platzes und sah mir das an. Dann rief ich: Was machst du da? Und Oliver Grmbrm bedeutete mir stumm, rüberzukommen. Ich weigerte mich. Er verharrte. Nach fünf Minuten ging ich auf die andere Seite. Mein neuer Spielgefährte sah mich an, senkte dann seinen Kopf und schien irgendetwas mikroskopisch Kleines zu beobachten, das zwischen seinen beiden Händen als schwarzer Punkt die Grundlinie entlangkrabbelte.

«Ein Sowieso-Sowieso-Käfer», sagte Oliver Grmbrm zu mir.

«Und, können wir jetzt weiterspielen?», sagte ich.

Aber das war nicht das Schlimmste daran. Das Schlimmste, der Albtraum, war die Pubertätserkenntnis, dass es einen Grund haben musste, warum es immer nur diese Trottel waren, mit denen ich verbandelt wurde, und niemals coole Kinder. Dass mich von diesen Trotteln vermutlich nicht viel unterschied. Nur behämmerte Kinder werden von ihren Müttern mit anderen behämmerten Kindern zwangsbefreundet. Das Einzige, was mir auffiel, war: Mir war das furchtbar unangenehm. Oliver Grmbrm nicht. Vielleicht hat mich das gerettet. Im Nachhinein ist das Ganze auch meiner Mutter peinlich.

Ich bin verliebt in Sabine Namegeändert, von der ersten Klasse an. Sie ist die Schönste und die Beste. Ich bin so verliebt in sie, dass ich nicht mit ihr rede, nur mit ihren Freundinnen. Eines Tages auf dem Nachhauseweg prügelt Sabine sich mit Gabi. Ich bin überrascht, es passt nicht zu Sabine. Gabi ist sportlicher, eigentlich müsste sie auch stärker sein, aber Sabine schlägt sich gut. Es gibt keine Siegerin, nur verzerrte Gesichter. Corinna macht mir gegenüber Andeutungen, es sei um wichtige Dinge gegangen. Ich verstehe die Andeutungen nicht. Überhaupt habe ich einen Widerwillen gegen diesen mädchenhaften «Oh, ich kann es dir nicht sagen»-Scheiß.

Zum Ende der Grundschulzeit machen wir eine Klassenfahrt nach Fehmarn. Es gibt eine strikte Mädchen-Jungen-Trennung. Am letzten Tag eine Party, es wird getanzt. Tanzen liegt mir nicht. Alle stehen allein auf der Tanzfläche und treten von einem Fuß auf den anderen. So was habe ich überhaupt noch nicht gesehen. Ich weiß nicht, wo sie das herhaben. Schließlich halte ich es nicht mehr aus, wie sich alle amüsieren, und gehe aufs Zimmer. Ich sehe im dunklen Fenster die Ostsee, Positionslichter von Schiffen. Die Abende zuvor haben wir mit unseren Taschenlampen stundenlang SOS gemorst, und irgendjemand hat irgendwann behauptet, dass die Schiffe das Signal zurücksenden, und wir gerieten in Panik, und das nächste Spiel war, einen Aufruhr der christlichen Seefahrt herbeizuhalluzinieren.

Irgendwann kommt Corinna und sagt, ich soll runterkommen. Sabine will mit mir tanzen. Ich sage: Ich kann nicht tanzen. Das zeigt sie dir dann schon, sagt Corinna.

Sabine steht auf der Tanzfläche und sagt, du musst die Arme auf meine Hüften legen. Nicht da, wo sind denn die Hüften? Dann legt sie ihre Arme um meinen Hals. Zwischen uns ein halber Meter. Woher weiß sie, wie man das macht, denke ich. Meine Hände schwitzen, und ich bewege sie keinen Millimeter von dort, wo Sabine sie hingelegt hat. Das Lied dauert drei Minuten, danach setze ich mich wieder in die Ecke. Ich habe nie herausgefunden, was das zu bedeuten hatte.

Bauer Peine war der Eigentümer der Kornfelder, die wir als Kinder immer verwüsteten. Er hat nie geschimpft, überhaupt nie gesprochen, fuhr immer nur stoisch auf seinem Trecker an uns vorbei.

Renate Peine ging in meine Klasse. Sie sah nicht gut aus und war nicht charmant. Auf dem Schulweg zeigte sie mir einmal, was sie mit den Armen konnte: Hände vor dem Bauch falten, dann durchgestreckte Arme über den Kopf auf den Rücken. Obwohl ich ein guter Turner war, konnte ich das nur mit einem zwanzig Zentimeter langen Seil zwischen den Händen.

Einmal besuchte ich Renate auf dem Bauernhof. Wahrscheinlich zum Spielen, aber ich weiß es nicht mehr, es ist kein Bild hängengeblieben. Nur der Gestank. Im Haus stank es wie in einem Misthaufen (oder was heißt: wie), gemischt mit stickigem Essensgeruch aus der Küche. Ich flüchtete und kam nicht wieder. Irgendwann wurden Renate und ihr kleiner Bruder von einem Auto überrollt. Der Bruder starb, Renate überlebte und blieb lernbehindert,

60 oder 70 Prozent. Das erzählte uns unsere Grundschullehrerin wenige Tage, bevor Renate aus dem Krankenhaus zurückkehrte, damit wir sie nicht auslachten (gute Idee).

Gegen Ende der Grundschule erkundigte sich die Lehrerin, wer denn jetzt auf welchen Schultyp wolle. Perfide Frage, weil ohnehin längst von unseren Eltern entschieden. Ich wusste, wohin ich kommen würde, aber die meisten schienen im Dunkeln zu tappen. Gymnasium?, fragte die Lehrerin, und die Hälfte meldete sich. Ein Viertel wäre ungefähr richtig gewesen. Realschule? Der Rest meldete sich. Hauptschule? Renate Peine. Warum willst du als Einzige auf die Hauptschule, Renate? Ich bin nicht so klug.

Später hörte ich von meiner Mutter einmal, Renate sei irgendwas mit Fremdsprachen geworden, Übersetzerin oder so, Information aber sehr vage. Wahrscheinlichster Google-Treffer:

220 Kilo leichter fühlt sich gut an

«Das Tolle an der Sache ist, ich bin wirklich satt», erzählt Renate Peine begeistert. Wie die Wersenerin haben sich insgesamt 28 Teilnehmer entschlossen, ihr Körpergewicht zu reduzieren. Der Kurs «Gemeinsam leichter zum Wunschgewicht», dem sie sich anschlossen, kombiniert Ernährungsberatung, ärztliche Betreuung mit Bewegung. (...) «Früher habe ich gedacht, eine Banane, das kann ich mir gar nicht leisten», so Renate Peine.

Und Michel sei gestorben, schrieb meine Mutter im Postskriptum, ob ich mich an ihn noch erinnern könne? Ein Elefant habe ihn totgetrampelt. Das habe sie von Frau Hartz gehört.

Ich erinnerte mich nicht. Oder nur dunkel. Ein Nachmittag im Museum, ein sonnenverbranntes Gesicht und lange Haare. Rest verschwommen. Ich war Michel einen Tag lang durch das Nationalmuseum von Kairo gefolgt, im Alter von zehn Jahren. Das Museum war uninteressant. Die phantastischen Skulpturen, die riesigen, ineinander verschachtelten Särge, das Gold beeindruckten mich höchstens einige Minuten. Das Kulturbedürfnis meiner Eltern schien sich nicht auf mich vererbt zu haben. So entfernte ich mich unauffällig und folgte dem langhaarigen Mann mit dem sonnenverbrannten Gesicht durch kilometerlange, vollgestellte Flure und Säle. In Sherlock-Holmes-Sicherheitsabstand, aber immer mit Blickkontakt. Hin und wieder sah Michel durch Glasvitrinen mit goldenem Schmuck hindurch in meine Richtung, dann suchte ich hinter dreitausend

Jahre alten Mumien Schutz, heuchelte Interesse für die Entzifferung verwitterter Hieroglyphen und folgte Michel dann wieder mit dieser leichten Begeisterung, welche man als Zehnjähriger Erwachsenen gegenüber empfindet, die so ganz anders sind als die eigenen Eltern. Das Wort Hippie kannte ich noch nicht.

Der Schlag mit der flachen Hand ins Gesicht war die erste und letzte Prügel meines Lebens. Mein Vater stand mit meiner Mutter in einer riesigen Menschentraube, er hatte Museumswärtern und anderen Leuten viel Geld in die Hand gedrückt, um den kleinen blonden Jungen wiederzufinden. Das Einzige, woran in dieser Stadt kein Mangel bestand, waren Leute mit viel Zeit, und alle waren sie in ihren schlabbrigen, weißen Dschallabijas seit Stunden auf der Suche nach mir, untergegangen im Moloch einer 17-Millionen-Stadt. Dann schlich ich in professioneller Detektivmanier hinter Michel aus dem Museum.

Michel wohnte im selben Haus wie wir, in der Villa eines Bekannten, und er hatte eine Freundin namens Sylvie, von der ich anfangs nicht wusste, dass sie schön war. Sie sah vollkommen anders aus als meine schöne Mutter, und an den Gedanken, den Begriff auf zwei so unterschiedliche Wesen angewendet zu sehen, musste ich mich erst gewöhnen.

Sylvie war halb Französin, und sie hatte einen leichten Silberblick. Das sagte mein Vater jedenfalls über sie: Die hat einen leichten Silberblick. Ich verstand nicht, was das heißt, aber da sie viel Silberschmuck trug, der kiloweise billig auf dem Basar zu kaufen war, nahm ich an, dass es damit zusammenhing.

Wenn mein Vater und Michel an kulturfreien Tagen ihre Unternehmungen starteten, saß Sylvie gelangweilt auf der Terrasse des Hauses, blickte unter ihrer hochgeschobenen Sonnenbrille in den Garten und überhörte die spitzen Bemerkungen meines Vaters. Irgendetwas an ihrer Haltung und ihrer Untätigkeit schien ihn zu reizen.

II

Jürgen Kuttner ist ein hervorragender Trotzkist, Radiomoderator, Journalist. Der einzige Ostler, der sich nach '89 in den kapitalistischen Apparat einklinken und eine Musterkarriere hinlegen konnte, ohne umfallerisch zu wirken. Ich begegnete ihm noch in der DDR, das fiel mir wieder ein, als er vor kurzem bei Biolek und Harald Schmidt saß. Seine Radiosendung habe ich nie gehört, laut Biolek ist sie «Kult». Dort werde stundenlang über Abseitiges philosophiert: ob das Fleisch der Rinder, das unter den schwarzen Fellflecken liegt, nachher anders schmeckt als das unter den weißen und so weiter. Jedenfalls behauptete Bio, dass Kuttner sich solche Themen ausdenkt, aber das bezweifle ich, denn ich habe Kuttner als einen ganz anderen Menschen kennengelernt, als großartigen Kämpfer und Helden der Sittlichkeit. Das mit dem Fell der Kühe ist ja, ehrlich gesagt, eher dumm.

Es war Januar oder Februar '90, als ich mit meiner Freundin nach Ostberlin fuhr. Sie wollte auf ein internationales Treffen sozialistischer Arbeiterblaskapellen. Meine Freundin kam aus Köln, war Kommunistin (wie alle damals) und spielte Saxophon. Die Kapellen hießen «Bertolt Blech», «Bläservativ», «Blechreiz». Es war verboten, Bands zu gründen ohne solche Namen.

«Irgendwas dabei?», fragte der Grenzer bei der Einreise. «Nein», sagte ich und wurde gefilzt. Der Grenzer war höchstens zwanzig Jahre alt und hatte mit untrüglichem Instinkt sofort den Klassenfeind in mir gewittert, schlimmer noch, den unpolitischen Querulanten, der ein Leben voller Glück und Streuselkuchen führte, während er, der Grenzer, nichts gehabt hatte, nur Hunger, Not und selbstgebastelte Gasmasken im Wehrsportunterricht, unter denen er jedes Mal fast erstickt war. Und da wollte er es dem Westschwein jetzt mal so richtig besorgen, dem die Schikane reinhauen, mal zeigen, was stärker ist: Gasmaske oder Streuselkuchen. Aber das war ein Fehler. Ich finde nichts begehrenswerter als dieses Schikaniertwerden. Weshalb hätte ich sonst in die DDR einreisen sollen? Streuselkuchen gab es nicht in der DDR, manchmal hatten sie gar nichts zu essen, und auch sonst war alles eine stinkende, graue Wüste, da hätte sich der Ostler eigentlich denken können, dass ich wegen etwas anderem da sein musste, wegen der

Schikane nämlich, aber so weit konnte der immer nicht denken.

Ich wurde also in eine Baracke geführt. Der Uniformierte durchsuchte als Erstes eine Schachtel mit hundert Stiften, die ich dabeihatte. Er öffnete jeden Filzstift einzeln, um nachzuschauen, ob ich Albert Speers gesammelte Werke in den Kappen verborgen hatte. Hatte ich aber nicht. Dann zog er ein Kondom aus meinem Kulturbeutel. «Das ist ein Kondom», sagte ich, um die Lage zu entspannen. «Ich weiß», sagte er, und so ging es endlos weiter.

Stunden später kam ich mit meiner Freundin in einem Ostberliner Jugendzentrum an, wo die Musik gemacht werden sollte. Es war alles wahnsinnig verranzt, unter der Decke hingen tropfig lackierte Metallgitter. «Sechziger Jahre», sagte ich anerkennend. «Letztes Jahr gebaut», sagten die Gastgeber und sahen mich mit ihren großen, traurigen Zonenaugen an. Wir befanden uns am modernsten Ort der östlichen Hemisphäre. Abends gab es Blasmusik im Jugendclub, ausschließlich Revolutionslieder. Am nächsten Tag marschierten die meisten Bands durch Ostberlin. Die Kapelle meiner Freundin auch, ich lief bloß unmusikalisch hinterher, im Stechschritt über den Alexanderplatz. Es wurden Parolen gerufen, das ganze Blasfestival stand ja irgendwie der Bohley-Bürgerrechtssache nahe. Meine Freundin und alle anderen schrien den Ostlern immer zu, sie sollten ihren eigenen Weg zum Sozialismus finden, Wiedervereinigung NEIN, Kohl NEIN! usw. Die Vopos guckten griesgrämig, das war ja alles nicht angemeldet, aber sie trauten sich im Januar bereits nicht mehr, alle einfach zu erschießen, die Rechtslage war unsicher geworden. Ich war der Einzige auf der ganzen Veranstaltung, der nichts gegen eine Wiedervereinigung hatte, warum, weiß ich auch nicht mehr. Ich hatte einfach nichts dagegen, ich fand diesen ganzen Staat reizend und wollte gern mit ihm vereinigt werden, also wieder nur Querulantentum, nichts Politisches.

Am zweiten Abend trat eine Band namens Bolschewistische Kurkapelle Schwarz-Rot auf. Die Band hatte einen Conferencier, der zwischen den Stücken eine Art Kabarett machte: Jürgen Kuttner. Ich weiß nicht mehr, wie meine Einstellung zum Kabarett war, ich glaube, schon damals eher schlecht, Hans Scheibner hatte ich zuletzt mit zwölf zugejubelt. Aber diesen Ost-Intellektuellen fand ich lustig. Kuttner machte Anspielungen auf die DDR, veralberte Honeckers Cordhütchen, aber am meisten gelacht und geklatscht wurde natürlich, wenn er so was sagte wie: dass ja *auch im Westen nicht alles so toll* wäre. Dann schrien die anwesenden Westdeutschen vor Begeisterung und konnten gar nicht mehr an sich halten, und die Zonis machten nachdenkliche Gesichter. Kuttner war furchtlos, er hatte keine Angst vor den Stehzellen, er sah aus, als hätte er sein halbes Leben in einer verbracht. Klein und grau, gefolterte Ringe um die Augen, er hatte Philosophie studiert, alle Herzen flogen ihm zu. Auch meins. Es bahnte sich sogar eine leicht homoerotische Versessenheit an bei mir, ich erkannte die Führerfigur in ihm, die Verkörperung all dessen, was ich immer sein wollte und nie konnte, Thälmann, Jesus und Che Guevara. Das Gebläse zwischendurch war nur noch störend, ich wollte Kuttners Reden hören, keine Revolutionsmusik. Aber auch während der «Musik» zeigte Che, was er draufhatte: Er setzte eine Sonnenbrille mit Lauflicht aus roten Leuchtdioden auf, die er am Ku'damm gekauft hatte, ein ungeheuer ironisches Bekenntnis zum Kapitalismus. Das hat damals kein anderer so auf den Punkt gebracht, sein Begrüßungsgeld mit derartiger Würde zu verprassen. Auch nach dem Auftritt war Kuttner umlagert, versprühte geistreiche Bemerkungen, ich fühlte mich arm und winzig dagegen, ich drang nicht zu ihm durch, ich redete in Gesellschaft kein Wort mehr, so sehr schämte ich mich für meine plötzlich erkannte Unwichtigkeit, meine Freundin musste mich in den Arm nehmen.

Zwischendurch fuhren wir immer mal rüber in den Westen, um den Kulturschock zu genießen. Ich weiß nicht mehr genau, wo das Ganze eigentlich stattfand, ich erinnere mich nur noch an die Chausseestraße. Unser Westgeld versteckten wir immer in den Socken, wenn wir über die Grenze gingen. Einmal saßen wir in dem Jugendclub und pulten gerade wieder das Geld aus den Socken, als hinter uns jemand rief: «Hab ich euch erwischt! Ich bin nämlich von der STASI!» Das war Kuttner. Ich lachte wie ein verliebtes Schulmädchen.

Einige Jahre später, als man die DDR und das alles längst wieder vergessen hatte, las ich noch einmal in der Zeitung von Kuttner. Er hatte alle seine Ämter niedergelegt, nachdem sich rausgestellt hatte, dass er bei der Stasi gewesen war. Mittlerweile ist Gras über die Sache gewachsen, alles läuft wieder in geordneten Bahnen, sowohl bei ihm als auch bei mir.

Es ging das Gerücht, Betty und Sabeta seien in der Stadt, und ich dachte, man würde sie dann sicher irgendwo treffen, aber das war nicht der Fall. Man traf überhaupt niemanden. Vielleicht war auch keiner in der Stadt. Richtig los ging alles erst gegen zwei, als wir in Lottmanns Wartburg saßen und in die Weydinger Straße wollten. Der Wartburg war gelb und hatte eine eingebaute Sitzheizung, die man anstellen konnte, indem man zwei Kabel zusammenklemmte, es war wirklich extrem schick. In der Weydinger Straße sollte eine Party sein, aber wir wussten nicht, was für eine. Angeblich kannte Cornelius jemanden, der einen Freund hatte, der eine Margarete kannte, die dort wohnte. Es stellte sich heraus, dass diese Margarete längst ausgezogen war, und von Cornelius war auch nichts zu sehen, aber das war egal. Es war nicht die Sorte Party, wo man am Eingang wahnsinnig viel gefragt wurde. Die Wohnung lag ungefähr im zweiten Stock, und es war so voll, dass man nicht umfallen konnte. Von vier Zimmern habe ich nur zwei gesehen, der Rest war völlig vollgestopft. Wenn ich pinkeln wollte, ging ich hinunter auf die

Straße. Als ich einmal vom Pinkeln kam, begegnete ich in der Tür Michael Lesser, dem dicksten Menschen. Mensch, Lesser, du fettes Schwein, sagte ich, was machst du denn hier, du kannst dich garantiert nicht erinnern, wer ich bin? Er konnte sich tatsächlich nicht erinnern. Wir hatten aber mal zusammen in Nürnberg Kunst studiert. Es stellte sich heraus, dass er der Gastgeber dieser Party war. Ich beschimpfte ihn, was das denn für ein Schweinestall wäre, in so einem Schweinestall würde ich ja nicht leben wollen, und hob zum Beweis einen Fuß vom Boden, der in Bier und Kotze schwamm. Lesser zuckte die Schultern. Später warf ich einen Berliner aus dem Fenster. Das Fenster stand die ganze Zeit offen, bei minus 15 Grad, aber es wurde nicht kalt, so sehr heizten die Leute die Wohnung. Ich warf den Berliner aus dem Fenster, und dann schüttete ich noch einen Riesenkübel Zwiebelsuppe hinterher, weil mir klar war, dass ein solcher Kübel, der um drei Uhr nachts noch herumstand, ungenießbar sein musste. Die Suppe machte ein lustiges Geräusch. Ich warf mehr Sachen aus dem Fenster, und dabei stellte ich auf einmal fest, dass ich neben der aktuellen Freundin von Lottmann stand. Ich klärte sie darüber auf, dass er demnächst Beleidigungen über sie schreiben würde, wovon sie nichts gewusst hatte. Später stellte Lottmann mich zur Rede. Er war sauer, dass ich das seiner Freundin erzählt hatte, und behauptete, das stimme so gar nicht. Ich machte den Vorschlag, dass er ja erst mal was Gutes über sie schreiben könnte und die Beleidigungen erst später. Aber die Ehekrise war nicht mehr zu kitten.

Was ich sonst noch weiß: Ich lernte Cecilie kennen. Ich umarmte jemanden und sagte, wie beschissen alles sei, weiß aber nicht mehr, wer das war und warum ich das sagte (bitte melden Sie sich telefonisch bei mir). Ich beschimpfte einen Freund von Cornelius als Koprophagen, meinte aber Kannibale. Ich unterhielt mich mit den Grether Sisters über ihren Bulimikerinnen-Roman und die Frage, warum Magersüchtige Bulimikerinnen verachten oder umgekehrt. Ich wusste, ehrlich gesagt, nicht, dass es da einen Unterschied gibt. Zu Fuß ging ich nach Hause und heulte den ganzen Weg, weil ich so einsam war.

Es fing damit an, dass der Fernseher kaputtging. Erst fiel der Ton aus, die Fernbedienung war schon seit Wochen im Arsch, und dann ging ein Ruck durch das Gerät, und es schneite. Ich hatte keine Ahnung, ob das zu reparieren war. Seit Tagen hatte ich ununterbrochen ferngesehen, ich konnte nachts nicht mehr schlafen, wenn der Fernseher nicht lief, und dann auf einmal diese unheimliche Stille. Ich rief Nele an und fragte, was er so machen würde, und Nele sagte, es sei gerade nicht so günstig. Also rief ich Aaron an und ließ es fünfhundertmal klingeln, weil ich dachte, dass er vielleicht duschte oder fickte, aber er war nicht zu Hause, oder er hatte Viagra genommen, und ich wollte unbedingt mit Aaron sprechen, weil ich sonst keinen kannte, mit dem ich sprechen wollte, außer mit Aaron oder Nele. Alle anderen Leute, die ich kannte, kannte ich nicht so gut, dass ich jetzt mit ihnen sprechen wollte. Aber ich musste eine Stimme hören, es war dringend.

Also rief ich als Nächstes Sonja an, die ich sonst nie anrief, und Sonja fragte mich, ob ich wisse, wie spät es sei. Das wusste ich nicht, daher vermutete ich, dass es wohl sehr spät sei, denn sonst machte eine solche Frage ja keinen Sinn, obwohl ich selbst nichts drum gab, zu welcher Tages- oder Nachtzeit man mich anrief, ich war immer für meine Freunde zu sprechen, was aber auch teilweise daran lag, dass ich keine Freunde hatte und nie fickte, und außerdem konnte ich nachts schon lange nicht mehr schlafen, die letzten vier Tage jedenfalls hatte ich nicht geschlafen. Ich öffnete in der Küche die Rollläden, und da schien die Sonne auf das Fensterbrett. Es muss so Nachmittag sein, sagte ich zu Sonja, und Sonja sagte danke und legte auf.

Sonja wurde auch immer komischer. Warum fragte sie mich, wie spät es war? Außerdem hatte ich sie angerufen und nicht sie mich, es war völlig unlogisch. Warum fragte sie so einen Quatsch? Es wurde alles immer dämlicher, so kam es mir jedenfalls vor. In einem Augenblick wusste ich nicht mehr, warum ich mein Leben jahrelang auf diese Frau runtergerechnet hatte, eine Frau, die nicht mal wusste, ob es Tag oder Nacht war. Ich musste dämlich gewesen sein. Das war die Erklärung, jetzt fiel es mir wie Schuppen von den Augen, wir waren beide extrem dämlich, deshalb war alles so, wie es war, und ich setzte mich vor den Kühlschrank, aber der Kühlschrank war leer.

Dann rief ich alle Leute an, die ich im Kurzwahlspeicher hatte. Ich musste das tun, weil ich wusste, was sonst passieren würde, wenn ich niemanden anriefe, ich würde meinen Kopf an die Wand hauen, also drückte ich erst mal die Kurzwahlknöpfe. Hinter den meisten Knöpfen konnte ich nicht mehr die Namen lesen. Das waren Leute, die ich vor hundert Jahren eingespeichert hatte, als ich mir das Telefon gekauft hatte, wahrscheinlich kannten die mich überhaupt nicht. Auf dem ersten Knopf stand *ANT 7*, das hatte ich da selbst draufgeschrieben, aber ich wusste nicht mehr, wofür das ein Kürzel sein sollte, und ich drückte erst mal auf den zweiten Knopf, auf dem *Matt* stand. Das Komische war, ich erreichte niemanden. Zwanzig Knöpfe, und ich erreichte niemanden außer zwanzig Anrufbeantwortern, die mir aber auch nichts sagten. Das lag an der dämlichen Tageszeit, es war drei Uhr nachmittags, wie man durch einen Blick aus dem Fenster feststellen konnte, wenn man nicht völlig bescheuert war, und um drei Uhr nachmittags war kein Mensch zu Hause, die meisten Leute hatten ja Arbeit, nur ich nicht, und ich wurde immer nervöser. Ich musste an den Kindheitsnachmittag denken. Nicht an einen bestimmten Kindheitsnachmittag, sondern an *den* Kindheitsnachmittag: Ich liege mit dem Kopf auf dem Teppich und höre ein Plastikeimergeräusch, von hinter der Haustür, meine Mutter wischt das Treppenhaus. Sie ruft, ich soll mal mein Fahrrad reinstellen, und ich drehe mich auf den Bauch und zähle die Quadrate im Teppich. 17 längs, 33 quer, wie immer, wenn man die halben mitzählt. Oder 16 längs, 31 quer, wenn man sie nicht mitzählt.

Drei Uhr nachmittags war keine gute Zeit, nie war das eine gute Zeit, es war immer eine beschissene Zeit. Wenn man um drei Uhr nachmittags allein war und keinen zum Reden hatte, lief irgendetwas falsch im Leben, dann kam alles zum Stillstand, und die Staubteilchen in den Lichtstrahlen und die Kratzer auf dem Türrahmen, alles verursachte Übelkeit. Ich schlug erst mal meinen Kopf gegen den Kleiderschrank, und das tat so enorm weh, dass ich es kein zweites Mal machte, geschweige denn gegen die Wand, ich war ein absolutes Mädchen geworden. Ich zog mir die Schuhe an und ging nach draußen. Eigentlich hätte ich auch mal wieder einkaufen müssen, aber als ich vor die Haustür kam, hatte ich keine Lust mehr einzukaufen. Da schien die Sonne mild, durch einen leichten Schleier aus Autoabgasen.

Frühling, dachte ich.

Mein schrottiges Fahrrad stand noch im Hof, das

fand ich merkwürdig. Obwohl ich es nie angeschlossen hatte, war es den Winter über nicht geklaut worden, und ich dachte mir, fahr ich mal Fahrrad. Ich fuhr zwei Straßen und dann in eine Seitenstraße, die ich noch nicht kannte, fünfhundert Meter von meinem Haus, und auf einmal war ich in einer Gegend, die ich noch nie gesehen hatte. Auf dem Bürgersteig bolzende Jungtürken, verschleierte Frauen, schmallippige Unterschichtmädchen in knallengen Hosen, nur fünfhundert Meter von meiner Wohnung entfernt, eine völlige Parallelwelt. Ich kam an einem Secondhand-Fernsehgeschäft vorbei. Gegenüber vom Geschäft saßen zwei dreizehnjährige, stark geschminkte Mädchen auf einer Parkbank. «Fahr weiter!», rief die eine.

Erst an der nächsten Kreuzung drehte ich mich um. Die Mädchen waren längst wieder mit sich selbst beschäftigt. Aber ich grinste über das ganze Gesicht, und ich winkte mit dem Arm in die tolle Luft, während ich weiterfuhr. Und dieses Winken besagte, dass ich dieses Mädchen liebte. Ich *liebte* sie. Ich hätte sie heiraten können und aus diesem ganzen sozialen Elend herausholen, wenn ich gewollt hätte, aus diesem Elendsviertel mitten in Berlin, wo sie ohne Liebe aufwuchs und sich schon mit dreizehn schminken musste wie eine alte Vettel und wo klar war, wie ihre nächsten Jahre und ihr ganzes Leben aussehen würden, ohne Kultur, ohne Bildung, ohne geistige Einflüsse, in diesem Slum, wo nur alle paar Jahre einmal jemand auf seinem Fahrrad vorbeikam, der die Kraft hatte, sie aus diesem Teufelskreis zu erlösen, und ich hätte sie wirklich erlösen können. Ich war Alexander von Humboldt bei den Orinoko-Indianern, die einmal im Jahrhundert vorbeigespülte Botschaft der Nächstenliebe, der Aufklärung und des Humanismus, und plötzlich schoss mir das Wasser in die Augen, aber ich hielt nicht an. Nach ein paar Kilometern hatte ich dann keine Lust mehr, Fahrrad zu fahren, ich war erschöpft. Es ging mir gut, aber ich war erschöpft, also stellte ich mein Fahrrad ab, und dann sah ich Lottmanns Auto.

Die Wahrheit ist, ich hatte Lottmanns Auto zuerst gesehen. Es parkte schief auf dem Bürgersteig, der gelbe Wartburg, ich erkannte ihn sofort. Ich öffnete die Fahrertür, sie war nicht abgeschlossen. Das war mir vorher klar gewesen, dass Lottmann sein Auto nicht abschloss. Auch wieder so ein Trick, um sich wichtig zu machen, er kriegte trotzdem keine Frauen. Ich steckte die beiden Kabel zusammen und parkte aus. Na bitte, dachte ich, geht doch.

Da ich in Berlin noch nie Auto gefahren war, brauchte ich eine Weile, um aus der Stadt zu finden. Bezeichnenderweise hatte ich den Eindruck, mich dauernd zu verfahren, obwohl die Straße immer geradeaus ging. Der Wartburg fuhr klasse, trotzdem klaute ein solches Auto natürlich keiner. Ich war mir ziemlich sicher, dass Lottmann sich auch darüber freuen würde, dass es endlich einer geklaut hatte, das wäre wieder ein wahnsinnig interessanter Gesprächsstoff für Lottmann. Er würde es nicht mal der Polizei melden. Oder nur, um die unglaublich interessante *Polizei-Situation* zu erleben, keine Angaben über das Auto machen können, keine Fahrzeugnummer wissen, die falsche Farbe angeben, sich vor den Polizisten zum Kackdackel machen, das ganze Programm.

Als ich endlich die Feldmark erreichte, begann es zu dämmern. Ich suchte das Licht, es funktionierte. Auch das Radio funktionierte. Es war großartig. Ich wusste eigentlich nicht, wo ich hinwollte. An der untergehenden Sonne im Rückspiegel sah ich, dass ich Richtung Nordosten fuhr, und wenn mich nicht alles täuschte, würde ich früher oder später am Meer oder in Polen rauskommen. Das erschien mir beides richtig, und ich gab Gas. Sträucher flogen durch die

Dämmmerung, als würde mich jemand mit Wattebäuschchen bewerfen. Gott! Gott bewarf mich mit Wattebäuschchen. (Verzeihen Sie meine extravagante Ausdrucksweise.)

Nur die Tankanzeige war leider kaputt, beziehungsweise es existierte gar keine Tankanzeige, und ich dachte, ich sollte mal an einer Tankstelle halten, um sicherzugehen. In Wirklichkeit wollte ich mit der autochthonen Bevölkerung in Kontakt treten. An zwei Tankstellen hatte ich schon Dorfjugend gesehen, Dorfjugend mit langen Haaren, Dorfjugend mit kurzen Haaren, das gefiel mir. Ich dachte, ich könnte dort hinkommen und mich mit ihnen anfreunden. Natürlich würden sie mich erst mal verächtlich ansehen (die Kurzhaarigen) oder ängstlich (die Langhaarigen): ein Fremder! Doch dann würde etwas passieren, womit niemand gerechnet hatte. Ich würde die Situation blitzartig durch meine Körpersprache entspannen (Harmonielehre nach Jung, verbessert durch Rabehl). Ich würde mich, lässig an den Wartburg gelehnt, durch eine technische Frage legitimieren, zum Beispiel: Dieser Zweitakter frisst verdammt viel Blei, was – hier würde ich meine Lippen einsaugen und eine Pause von fünf Sekunden einlegen – bedeutet denn das? Das würde ihren

Ehrgeiz anstacheln, und im Handumdrehen wäre ich ihr Freund. Jeden Abend würde ich von nun an mit meinem Wartburg auf diese Tankstelle fahren und ein paar Dosen Bier mit ihnen trinken, und wir würden uns über Lokomotive Cottbus unterhalten, oder ob Robbie Williams wirklich der Tom Jones der Neuzeit ist oder so was. Nachts würden wir uns mit komplizierten Handschlägen voneinander verabschieden, mein gelbes Auto würde in der Dunkelheit verschwinden, und niemand würde wissen, wer der geheimnisvolle Fremde war, der jeden Abend das Gespräch in interessante Bahnen lenkte. Möglicherweise würden diese Leute sogar eine Art Messias in mir sehen. Denn ich könnte ihnen von der großen Stadt erzählen, aus der ich kam, vom sagenhaften Berlin, und ich wäre selbst in gewisser Weise sagenhaft. Die deutsche Einheit, das war jetzt zehn oder zwanzig Jahre her, aber viele von den Leuten hier hatten den Westen noch immer nicht gesehen, aus Trotz. Oder aus Dummheit. Oder weil sie zu arm oder zu ungeschickt waren, um sich ein Auto zu leisten, und ich würde mich mit ihnen verbrüdern, weil ich mir im Grunde auch kein Auto leisten konnte.

Ich ärgerte mich ein bisschen über diese Gedanken, die nur Wunschgedanken waren, während ich durch die Dunkelheit fuhr und längst die Orientierung verloren hatte. Im Grunde hätte ich Angst gehabt anzuhalten. Meiner Meinung nach wurde man immer verprügelt, wenn man irgendwo anhielt, wo man nicht hingehörte, das kannte ich schon.

Nach Sonnenuntergang wusste ich nicht mehr genau, wo Nordosten war, und versuchte, die eingeschlagene Richtung zu halten, indem ich immer abwechselnd rechts und links abbog, aber das hätte nur auf einem Schachbrett funktioniert. Die Welt war kein Schachbrett. Und ich wollte jetzt nicht mehr, ich *musste* ans Meer kommen, es war längst wieder der Auftrag von oben. Mein altes Problem, ich wusste nie, wo rechts oder links war, aber von oben, über mir, kamen diese Aufträge, wie eine Eisenstange, die mir durch den Schädel gerammt wurde, wie bei einer Tipp-Kick-Figur. Außerdem ärgerte ich mich über meine Gedanken, weil sie keinen Realitätsgehalt hatten. Ich *war* nicht der Messias, das war mir selbst klar. Und ich ärgerte mich über diese Gedanken, weil sie die schöne Stimmung verdarben, die sich vorher eingestellt hatte, als ich einfach nur Auto gefahren war. Aber ich konnte die Gedanken auch nicht ordnungsgemäß blockieren. Mein Konzentrationsvermögen sank unglaublich, seit Jahren schon, das beunruhigte mich. Wenn ich Romane mit Ich-Erzählern las, hatte ich mittlerweile echte Mühe, die Handlung zu kapieren, weil ich ständig die Handlung verändern musste. In Gedanken variierte ich die Umstände des Auf- und Abstiegs, übertrieb die Heldentaten, vergrößerte Widerstände und Erfolge und ließ Katastrophen ins Maßlose wachsen. Kein Klischee war mir billig genug. Sogar wenn ich im Fernsehen Berichte über absurde Sportarten wie Dressurreiten oder Rhythmische Sportgymnastik verfolgte, sah ich mich sofort als Weltmeister dieser Disziplinen. Ich besiegte meine skrupellosen Gegner durch nicht für möglich gehaltene Leistungen oder scheiterte in spektakulärer Weise und lief als blutendes Elend in entsetzte Zuschauermassen. (Mit diesen Gedanken verbanden sich allerdings keine Glücksvorstellungen. Die schönen Frauen, die den Erwerb meiner Weltmeistertitel von der Tribüne aus mitverfolgt hatten, wurden nie Bestandteil meines Lebens. Die Phantasien beschrieben den Weg zum Gipfel und brachen dann orientierungslos ab.)

In der Realität war es nicht unähnlich. Erfolge waren desillusionierend. Der größte Traum meiner Jugend war es gewesen, Künstler zu werden. Warum, weiß ich nicht mehr. Talent jedenfalls war keins vorhanden. Aber ich verband mit dem Künstlerberuf alle Vorstellungen von Freiheit, Hedonismus und interessantem Außenseitertum, deren ich fähig war. Ich war in prosaischen Verhältnissen aufgewachsen; Kunst zu studieren war ein für mich völlig unerreichbares Ziel. An dem Tag, an dem ich die Aufnahmeprüfung bestanden hatte, war mein Leben um eine Illusion ärmer. Sonst nichts.

Ich hatte das Gaspedal ganz durchgetreten. Zwischendurch glaubte ich, das Meer schon riechen zu können (was Blödsinn war, ich hatte nicht mal ein Fenster geöffnet). Die Ortsnamen sagten mir nichts. Ich fuhr noch immer nach der Schachbrettmethode. Kurz hinter einem Ort, der Flatow oder Gatow hieß, stieg ich aus und guckte, wo der Polarstern stand. Dazu suchte ich den Großen Wagen, aber dann wusste ich nicht mehr, ob ich von der Deichsel oder von der Querseite des Wagens aus fünf Längen gehen musste. Sowohl an der Deichsel als auch an der Querseite kam nach fünf Längen ein heller Stern. Ich entschied mich für Querseite. Das gefiel mir so gut, dass ich jetzt alle fünf Minuten an einer Kreuzung hielt, um meinen Kurs durch die Sterne bestätigen zu lassen. Ich schaltete das Radio aus, um Energie zu sparen, und fing selber an zu singen.

Hier kommt Stimmen, Orientierungsfahrweltmeister aus Berlin, hallo, hallo, hallo, hallo, hallo, hallo! Hier kommt Stimmen!

Man glaubt es kaum, aber Millionen Menschen an den Fernsehschirmen fiebern einer Entscheidung entgegen. 52 Sender aus 36 Ländern. Live auf Eurosport: Berlin-Polen, die traditionell letzte und alles entscheidende Etappe der Weltmeisterschaft im Orientierungsfahren, ich rufe Gerhard Delling. Das Feld ist vor wenigen Minuten gestartet, und ich kann Ihnen versichern, es ist eine absolute Sensation. Der bisherige Spitzenreiter Stimmen liegt überraschend auf dem letzten Platz. In der Nacht ist es, Moment, ich sehe gerade, da haben wir ihn im Bild. In der Nacht ist es zu Schiebereien gekommen. Die fast schon quotenschädigende Überlegenheit des Weltmeisters, ja, wie gesagt – der Spieß hat sich gewendet. Unbekannte haben ihm Zucker in den Tank geschüttet, sagen die einen, er hat den Motor kaputt gefahren, die anderen. Sie wissen, der Weltmeister ist wie immer ohne Team unterwegs, ein Mysterium, wie er überhaupt mit den kommerziellen Rennställen konkurrieren kann, wenn nicht durch fahrerisches Können, daran gibt es wohl keinen Zweifel. Aber Schiebung oder Quotendruck, wer weiß das schon, hier ist nichts sicher, sicher ist nur, es ist wieder spannend. Wer immer es war, die Sabotage wurde von der Rennleitung hingenommen. Extrawurst für den Weltmeister? Nicht mit uns, mag sich Linda Ecclestone gedacht haben. Vielleicht liegt es daran, dass Stimmen nicht sehr beliebt ist im Feld, wegen seiner Introvertiertheit, die viele für Arroganz halten. Arroganz – wie die Bild-Zeitung titelte – oder schneidende Schärfe des Verstandes? Ehrgeiz oder krankhafter Leistungswille? Manche nehmen es ihm übel, dass er sich nicht mit den Medien einlässt. Seinen weiblichen Fans ist er ein Rätsel.

«Stimmen, Sie haben den Kolbenfilter in neuer Rekordzeit ausgewechselt, glauben Sie, Sie können den Rückstand von viereinhalb Stunden auf das Feld aufholen?»

«Schwachsinnige Frage.»

«Wer, denken Sie, hat Ihnen den Zucker in den Tank geschüttet?»

«Uninteressant.»

«Sie sind also siegesgewiss?»

«Geh mir aus der Sonne, Mann.»

Stimmen spuckt die Zigarette aus dem Seitenfenster und startet durch. Wie eine Rakete verschwindet der Wartburg in der Dunkelheit. Nach wenigen hundert Metern der zweite Schock: Sie haben ihm nicht nur den Filter versaut, sie haben auch seine Kompassnadel unwiderruflich verbogen und die Karten zerrissen. Damit dürfte das Rennen gelaufen sein. Wie wird der Weltmeister auf diese neuerliche Hiobsbotschaft reagieren? Schnitt in die Totale: Mitten auf der Landstraße bleibt das Auto stehen, der Weltmeister steigt aus. Will er aufgeben? Ja, so muss es sein. O mein Gott! Er orientiert sich an den Sternen! Polarstern, zack! Fünf Längen, zack! Sein Kopf sirrt hin und her wie der Kopf von Robocop. Dabei entdeckt der Weltmeister sogar einen Schleichweg, eine Abkürzung, die auf keiner Karte verzeichnet ist! Insofern ist es geradezu ein *Vorteil*, keine Karte zu besitzen. Mit 120 Stundenkilometern rast er einen Feldweg entlang. Go! Go! Go!, ruft die langhaarige Dorfjugend in modischem Englisch. Sie haben ihn nie vergessen, hier hat er seinerzeit als MC Jesus das Haus gerockt, sie halten zu ihm, treue Seelen! Als Einzige. Schon an der nächsten Ortschaft hat Stimmen den ersten Konkurrenten eingeholt, ein landwirtschaftliches Nutzfahrzeug. Er hat viereinhalb Stunden in weniger als dreißig Minuten aufgeholt, er rollt das Feld von hinten auf! Der Konkurrent ist Wigbold Droste auf Trecker, ein gehirnamputierter Westfale, der immer den letzten Rang einnimmt. Der Berliner schaltet in den Zweiten und passiert Droste, ohne mit der Wimper zu zucken. Ja! Ja! Ja! Wie konnte ein Einzelner nur so stark sein!

Bruchteile von Momenten später erneut Rücklichter in der Dunkelheit. Sofort erkennt der Weltmeister an der Silhouette, um wen es sich handelt. Es handelt sich um Maxel Biller, genannt Piller, auf Toyota-Mercedes. Piller ist nicht leicht einzuholen, er ist kein guter Fahrer, aber menschlich ein Schwein. Wahrscheinlich hat *er* den Zucker in den Tank geschüttet! Toyota-Mercedes gegen Wartburg, ein ungleiches Duell! Trotzdem kriegt der Weltmeister ihn in einer unübersichtlichen Kurve zu fassen, mein Gott! Und verheizt ihn ordentlich! Hilf mir allezeit, Maria! Vierter Gang! Dritter Gang! Jawoll! Jawoll! JAWOLL!

Als ich aufwache, tut mir alles weh, und es riecht komisch. Ich meine, dass es überhaupt riecht, ist komisch, ich rieche an sich inzwischen fast nichts mehr. Algengeruch, würde ich sagen. Ich sitze auf meinem Helmut-Lang-Parka, mein Kopf ist an blau-weiß gestreiftes Plastik gelehnt, vor mir der Himmel ist schwarz und voller Sterne, und unten schon weiß, gleich kommt die Sonne. Unendlich weit kann ich gucken, den Strand entlang, der aus ganz vielen einzelnen Sandkörnern besteht, Trilliarden von Körnern, würde ich schätzen, und diese Körner spüre ich auch unter meiner Kleidung, wenn ich mich bewege, also bewege ich mich nicht. Ich bin der einzige Mensch auf der Welt und sitze in einem Strandkorb, genau.

Irgendwann in der Nacht bin ich angekommen, bin an zwei endlosen Reihen von Strandkörben entlanggelaufen, habe einen aufgemacht und mich reingelegt. Aufmachen war ganz einfach, man konnte das Sperrgatter seitlich aus den Eisenringen rütteln, da liegt es im Sand wie eine Bärenfalle. Es ist nicht besonders kalt. Das Einzige, was mich wundert, ist, dass kein Mensch da ist. Ich habe, ehrlich gesagt, noch nie Urlaub am Meer gemacht, aber ich stelle mir vor, dass ich doch sofort am Morgen, wenn ich am Meer wäre, da hingehen würde. Ich stolpere über das Gatter weg, und kaum ist mein Kopf nicht mehr unter dem Strandkorb, höre ich das leise Plätschern des Wassers. Gern würde ich ja sagen, das Meer rauschte, aber es rauscht nicht, es gibt keine Wellen, es ist absolut windstill, und als ich so durch den Sand laufe, auf dieses Meer zu, wird mir klar, wie sinnlos mein ganzes bisheriges Leben war und dass meine Zukunft hier liegt, an diesem Strand ohne Menschen, in dieser Morgendämmerung, die ich irgendwie anhalten muss.

Als ich das nächste Mal aufwache, liege ich im Sand, und jemand tritt mich. Es ist Mittag geworden, und ein vielleicht vierzehnjähriger, braun gebrannter Junge kickt mir mit dem Fuß gegen den Bauch. Hinter ihm stehen andere Braungebrannte, einer hat einen Ball. Der ganze Strand ist voller Leute.

«Du liegst auf dem Volleyballfeld», sagt der Junge.

«Oh, entschuldige bitte», sage ich und richte mich auf. «Ich habe mich nur schnell ein bisschen gesonnt.»

Ein junges Mädchen kichert. Sie hat einen weißen Badeanzug an und ist extrem schlank und sehnig und natürlich auch braun gebrannt wie blöd. Ich bürste den Sand von meiner Wange, setze meine Gucci-Sonnenbrille auf und frage, ob ich mitspielen kann.

«Na ja», sagt der Junge, und sie fangen an zu diskutieren.

Ich gehe erst mal zum Meer und spüle mir den Mund aus, weil ich schon beim ersten Atemzug gemerkt habe, dass mein Atem faulig riecht. Das Wasser schmeckt aber auch nicht gut. Angeblich soll man ja kein Salzwasser trinken, ich hab allerdings vergessen, warum. Als ich zurückkomme, streiten sie immer noch über die Einteilung der Mannschaften. Ich mache einen Witz, ich nenne sie scherzhaft eine «lahme Ossi-Truppe». Keiner lacht. Ich ziehe mir das T-Shirt aus und die Schuhe, krempel die Jeans auf und mache mit den Armen Dehnbewegungen. Ich habe schon ziemlich lange kein Volleyball mehr gespielt.

Das Mädchen mit dem weißen Badeanzug ist in meiner Mannschaft, und am Anfang verhaue ich jeden Ball, weil ich vollkommen begeistert bin. Ich springe herum und hechte den sinnlosesten Bällen hinterher, und der Sand spritzt, und das Mädchen ruft: «Großer Einsatz, Mann!»

Aber langsam gewöhne ich mich wieder daran. Ich bin auch nur so enthusiastisch, weil mir alles so bekannt vorkommt. Dieser Sechserblock, der sich im Kreis dreht, der Schmerz auf der Handwurzel, wenn man Angabe macht, das Wort *Angabe*, eine versunkene Welt ersteht prächtig aus den Tiefen auf, eine fremde Technik des Seins, wie konnte ich das vergessen.

Polaroid: Sonne senkrecht über uns, und ich pritsche den Ball hingebungsvoll auf das Mädchen in dem weißen Badeanzug, sie macht einen Punkt nach dem anderen. Am Horizont ein Dampfer.

Ich habe das Auto übrigens wieder abgestellt, wo es auch vorher stand. (Tut mir leid, Joachim, die Stoßstange liegt im Kofferraum, du kannst sie auf meine Rechnung reparieren lassen, wenn du willst, allerdings war sie schon vorher lose, sie ist einfach beim Fahren runtergefallen.)

In einem Dorf hielten wir vor dem Supermarkt. Jedenfalls stand *Supermarkt* obendrüber. Im Dorf gab es sonst noch ein Möbelgeschäft, eine Bushaltestelle und ein Telefon. Die Kassiererin schaute, während wir einkauften, die ganze Zeit in die Konvexspiegel.

«Woher kennst du den eigentlich?», fragte Hendrik und sah auf den Parkplatz. «Kann man dem vertrauen?»

«Ich hab den Schlüssel», sagte ich.

Hendrik kaufte Powerriegel und zwei Dosen Buttermilch. Hätte ich nicht gewusst, dass er fünf Pillen am Tag schmiss, ich hätte mich wahrscheinlich gewundert.

Als wir rauskamen, stand der Chinese vor der Kühlerhaube, in deren Schneeschicht zwei symmetrische Bögen fehlten, und formte gedankenverloren einen Schneeball. Als wir nah genug waren, knallte er Hendrik den Ball an den Hals. Hendrik stellte seine Buttermilch auf die Erde und kriegte sofort die nächste Ladung ins Gesicht.

Das Tauwetter hatte nur wenige Schneeinseln

übrig gelassen. Hendrik kratzte mühsam was zusammen, aber er war ein schlechter Werfer, ein richtiger Drogenspasti. Er hatte ungefähr so viel Kontrolle über seine Arme wie über seine Rastalocken oder über seine Gedanken. Ich machte mit Wang gemeinsame Sache, warum, weiß ich nicht mehr. Wir ließen Hendrik nicht ans Auto rankommen, das die einzige Deckung auf dem Parkplatz bot und auf dem noch genug Schnee lag. Nach einer Minute war Hendrik schmutzig und nass. Er flüchtete über die Straße hinter eine Bushaltestelle aus grauem Eternit. Die Supermarktfrau kam vor die Tür, um zu schauen, warum wir so ein Geschrei machten.

«Guckt euch das mal an», rief Hendrik.

Zwei Schneebälle krachten gegen die Bushaltestelle.

«Nein, im Ernst, guckt euch das an.»

Wir sammelten neu Schnee auf und gingen nachgucken, was der Rastamann hinter der Bushaltestelle gefunden hatte. Er stand schief auf dem Acker, inmitten von leeren Bierdosen, PET-Flaschen und einem zerbrochenen Kinderski, alles mit Schneematsch bedeckt. Und vor Hendriks Füßen, in einem aufgeweichten Pappkarton, sechs oder acht Katzenkinder mit zugeklebten Augen. Katzenkinder war eigentlich das falsche Wort, es waren eher so Embryos, aber sie schienen zu leben. Die Katzenmutter guckte uns erschöpft an, und wir guckten die Katzenmutter an.

«Gibma die leere Flasche da», sagte Hendrik, «das ist doch viel zu kalt hier.»

Er nahm eins von den Kätzchen und schob es mit dem Kopf voran in die Flasche. Es passte gerade in die Öffnung, Hendrik drückte es mit dem Daumen durch. Die Katzenmutter stand mit einer Pfote auf seinem Schuh. «Das ziehen wir jetzt auf, da machen wir eine richtige Muschikatze draus.»

«Alle sterben», sagte Wang.

«Was quatscht der mich eigentlich immer von der Seite an?», sagte Hendrik. «Ich versteh das nicht.»

Wir fuhren weiter über die Landstraße. Ich saß am Steuer. Hendrik spritzte Buttermilch in die Flasche und schüttelte den Inhalt.

«So wird das nichts», sagte ich.

«Ich kenn mich aus mit Tieren», sagte Hendrik. «Ich hab mal in der Gärtnerei gearbeitet. Ich hab vier beschissene Jahre in einer beschissenen Gärtnerei gearbeitet.»

«Brauchen Futter», sagte Wang.

Hendrik spülte noch zwei Pillen mit Buttermilch

runter. Ich nahm auch eine, Wang auch. Irgendwann nahm Hendrik aus Versehen einen Schluck aus der Katzenflasche und kotzte fast.

Ich musste an Michelle denken, wahrscheinlich, weil mir das Wort Embryo eingefallen war, und verscheuchte die Gedanken, indem ich Schlangenlinien fuhr. Ich vermisste sie. Michelle war wirklich nicht das große Los, aber ich fing an, sie zu vermissen.

Wir fuhren an kleinen Dörfern vorbei und an Feldern, auf denen umso mehr Schnee lag, je weiter wir uns von Berlin entfernten. Der Nachmittag versank in orangenem Dämmerlicht.

Hendrik beschäftigte sich mit der Flasche. Wang saß hinten und schaute aus dem Fenster und schwieg. Es war ein schöner Tag für Wang, glaube ich, ihm ging es noch am besten von uns allen.

«Warum hältst du?», fragte Hendrik und schaute sich irritiert um.

Zwischen einem Autobahnzubringer und der Straße lag ein dreieckiger See, auf dem eine Menge Schlittschuhläufer unterwegs waren.

«Kann man doch mal gucken», sagte ich und stellte den Motor ab.

«Was gucken?» Hendriks Gesichtszüge entgleisten in Panik. «Was gucken?»

Wir standen auf freiem Feld zwischen anderen Autos, hauptsächlich Mercedes und Landrover und so was, und schauten durch die Windschutzscheibe.

Plötzlich wich die Panik aus Hendriks Gesicht und verwandelte sich in Begeisterung. Das war immer so, er konnte seine Gefühle nicht kontrollieren.

«Guck dir mal den da an, den mit der blauen Jacke!» Er riss die Flasche hoch wie einen Cocktailshaker. «Der läuft ja, als hätte er eine Zwiebel im Arsch.»

«Der läuft ganz normal», sagte ich. «Du hast keine Ahnung.»

Hendrik drehte sich um. «Schlitzauge, was meinst du?»

«Was?», fragte Wang.

«Die blaue Jacke da. Kann der Schlittschuh laufen?»

«Weiß nicht.»

«Guck doch mal hin, das kann man doch sehen, kann der Schlittschuh laufen?»

«Finde gut.»

«Du gehst mir auf den Sack mit deinem finde gut, Mann.»

«Hör auf, das Schlitzauge zu beschimpfen», sagte ich.

«Was schleppst du den eigentlich immer mit rum?», fragte Hendrik weinerlich. «Ich weiß gar nicht, warum du den immer mit rumschleppst, der kann doch nicht mal richtig Deutsch.»

Wang stieg aus und ging zum See hinunter. Im Gehen zog er sich seine Humana-Jacke über.

Wir stritten eine Weile, ob wir auch rausgehen oder ob wir weiterfahren sollten.

«Na gut», sagte Hendrik. «Aber für Muschi ist es zu kalt draußen, oder?» Er linste durch den Schraubverschluss. «Oder will Muschi mitkommen? Muschi will mitkommen, na gut.» Und wieder zu mir: «Für die muss das das reinste Schlaraffenland sein.»

Am Seeufer lagen überall Schuhe. Ein paar Körbe mit Thermoskannen drin standen rum, eine steinalte Frau saß auf einem Schlitten, als wäre sie da vor Jahren erfroren. Das Tauwetter der letzten Tage hatte den See noch nicht angegriffen, aber an einigen Stellen stand eine dünne Wasserschicht auf dem Eis.

Wang setzte tastend einen Fuß auf das Eis, machte ein oder zwei Schritte und rutschte auf den See, wie auf einem Schwebebalken. Er drehte sich zu mir um und strahlte. Dann nahm er noch mal Anlauf und rutschte weiter auf den See hinaus.

«Was macht der denn da?», flüsterte Hendrik.

«Was macht dein Schlitzauge da? Guck dir das mal an.»

Das orangene Dämmerlicht wurde langsam blau. Ein Kind auf Gleitschuhen lief direkt vor uns herum, immer hin und her, ohne den Blick von uns abzuwenden.

«Komm mal her», sagte Hendrik. «Hier.» Er drückte dem Kind die Flasche in die Hand mit der Anweisung, eine anständige Muschikatze daraus zu machen, er werde das später kontrollieren kommen. Das Kind glotzte ausdruckslos auf das weiße Zeug in der Flasche.

Hendrik und ich gingen zum Auto zurück. Ich stellte die Heizung an, und wir schauten durch die Windschutzscheibe über den See, wo Wang in großer Entfernung langsam, fremd, aber nicht unelegant und wie eine kleine schwarze Fahne durch die Schlittschuhläufer wehte. Das Tauwasser spritzte um seine Füße. Es sah ein wenig sonderbar aus, als hätte er als Einziger noch nicht gemerkt, dass die anderen Kufen unter den Füßen hatten und er nicht.

Als wir abends in meinem Bett lagen, schmiegte Wang sich an meine Brust und erzählte im Flüsterton von seinem Eislauf. Wo er herkam, gab es kein Eis. Wir lagen lange nur so da und hörten die Kassette, die er mitgebracht hatte, die er auch immer in seinem Imbiss hörte, und als die Kassette abgelaufen war, sagte Wang, er brauche eine Frau zum Heiraten, wegen Staatsbürgerschaft, und wo man hier Frauen herkriegen würde.

Am nächsten Tag ist der Schnee weggetaut. An der Tram-Haltestelle steht eine kleine Frau in einem beigen Rentnermantel. Sie dreht sich zu mir um, mit weit aufgerissenen Augen.

«Wo muss ich hin?», fragt sie.

«Woher soll ich das wissen?»

«Ich dachte, Sie könnten mir sagen, wo ich hinmuss.»

«Woher soll ich das wissen?»

«Ich dachte.»

Ich schaue in die andere Richtung. Die Tram hat Verspätung. Die Frau läuft einen kleinen Kreis um sich selbst herum und schaut dann wieder mich an.

«Vielleicht wollten Sie mit der Straßenbahn fahren?», schlage ich vor.

Sie nickt, und ich frage, zu welcher Haltestelle sie will, oder zu welcher Adresse. Die Frau schwenkt ihre Hand über dem Fahrplan, über dem gesamten Plan, wie die Wetterfrau im Fernsehen, wenn das Atlantik-Tief im Anmarsch ist. Ich bin nicht sicher, ob ich mich für diesen Vorgang weiter interessieren soll. Als sie nicht aufhört, das Wetter anzuzeigen, frage ich sie, ob sie Alzheimer hat oder ob sie das auch nicht weiß.

«Ich hab mir die Mutterbänder rausnehmen lassen», antwortet sie.

«Wissen Sie, wo Sie herkommen?»

Sie dreht den Kopf hin und her und macht die Unterlippenschublade.

«Wir könnten in Ihrer Handtasche nachgucken, vielleicht steht da, wo Sie hinmüssen, oder Ihre Adresse.»

Sofort streift sie ihre Handtasche vom Arm, sie fällt mir vor die Füße. Ich sehe unauffällig die Straße hoch und runter, irgendwie unangenehm das alles. Die Tram kommt nicht.

«Vielleicht schauen Sie selbst nach», sage ich. Ich öffne die Handtasche, indem ich den Deckel vor meiner Brust aufklappe und auf die Frau richte. «Suchen Sie.»

Sie stochert in der Tasche herum wie in erkaltetem Essen. Zwischendurch sieht sie immer mich an. Sie weiß nicht, wonach sie suchen soll. Ihre Bewegungen werden langsamer, sie scheint vergessen zu haben, dass sie überhaupt etwas sucht. Sie rührt nur noch den Inhalt um.

Neben uns ist ein Goldkettchen-Türke stehen geblieben. Vielleicht wartet er auch auf die Straßenbahn, aber er macht nicht gerade ein Hehl daraus, dass er sich brennend für uns interessiert.

«Da in dem Portemonnaie vielleicht», sage ich. «Machen Sie es auf, vielleicht ist da ein Ausweis drin.»

«Die checkt das doch nicht», sagt der Türke.

«Was geht dich das an?»

«Das seh ich doch. Die checkt das doch nicht.»

Er greift an der Frau vorbei in die Handtasche, ich kann sie nicht schnell genug wegziehen.

«Hier. Marie Schrader, Schlegelstraße 41, so einfach ist das.» Der Türke hält das aufgefaltete Portemonnaie in der einen, den Ausweis in der anderen Hand, und schaut die Frau an. Das Portemonnaie ist voll mit Scheinen. Ich halte die Handtasche immer noch vor meiner Brust.

«Sie sind Marie Schrader!», sagt der Türke. «Sie wohnen Schlegelstraße 41.»

Die alte Frau nickt, mit einem überraschten Ausdruck im Gesicht. Den Ausdruck hat sie allerdings schon die ganze Zeit. Ab und zu werden ihre Augen kleiner und matt, dann sieht es aus wie Apathie, aber im Wesentlichen macht sie immer abwechselnd diese zwei Gesichtsausdrücke. Überraschung, Apathie.

«Das ist hier ganz in der Nähe», sagt der Türke. «Soll ich Sie nach Hause bringen? Ich bring dich nach Hause, was, Mutti?»

Die alte Frau nickt, und er greift nach der Handtasche. Ich halte die Handtasche fest.

«Das ist nicht deine!», sagt der Türke.

«Ich glaube nicht, dass sie nach Hause will.»

«Wo soll sie sonst hinwollen?» Er reißt mir die Handtasche aus der Hand, stopft Portemonnaie und Ausweis rein und übergibt sie der alten Frau.

«Ich glaube nicht, dass sie nach Hause will», wiederhole ich.

«Was mischst du dich da ein?»

«Wenn man an einer Haltestelle direkt vor seiner eigenen Wohnung steht, dann garantiert nicht, um nach Hause zu fahren.»

«Woher willst *du* das wissen?»

«Das ist die nächste Haltestelle von der Schlegelstraße», sage ich. «Sie wollten doch bestimmt mit der Straßenbahn irgendwohin?»

Die alte Frau nickt.

«Die kannst du fragen, was du willst, die nickt immer», sagt der Türke. «Ist Adolf Hitler Bundeskanzler? Bin ich der Furzkaiser von China?» Er schaut die Frau begeistert nickend an, sie schaut teilnahmslos zurück.

«Denken Sie noch mal nach», sage ich. «Wo wollten Sie hin? Zu einem Arzt vielleicht?»

«Was soll denn die beim Arzt? Die hat doch kein Hirn mehr», sagt der Türke. «Wenn du kein Hirn hast, musst du nicht mehr zum Arzt.» Er hakt ihren Arm unter. «Ich bring Sie nach Hause. Ist ja kein Problem.»

Sie nickt.

«Ich komm mit», sage ich.

«Was?»

«Ich komm mit.» Ich hake die Frau am anderen Arm unter, aber sie bewegt sich nicht, weil der Türke auf der anderen Seite sich nicht bewegt.

«Ist das jetzt Personenschutz oder was?»

«Sie hat mich zuerst gefragt, wo sie hinmuss. Also –»

«Und ich hab gesagt, ich bring sie nach Hause. Also bring ich sie nach Hause, du Arsch.»

«Und ich komm mit.»

«Willst du mich beleidigen? He, willst du mich beleidigen?»

Ich sehe ihn so ruhig wie möglich an. «Gehen wir», sage ich. Wieder bewegt sich keiner einen Schritt.

«Du kannst auch auf die Fresse haben. Willst du auf die Fresse, du Scheißstudent?»

«Muss nicht sein», sage ich ruhig.

«Ich hab den Schwarzen Gürtel, du Kackbratze.

Ich mach dich platt, in null Sekunden mach ich dich platt, du Nazischwuchtel!» Er lässt den Arm der alten Frau los und baut sich vor mir auf. Falls man das so sagen kann, wenn einer anderthalb Köpfe kleiner ist als man selbst. In diesem Moment macht die Frau Gesichtsausdruck Nummer 2 (Apathie) und zieht mich zur Seite.

«Ich geh dann mal nach Hause», sagt sie.

«Dann begleite ich Sie», sage ich. «Wenn Sie möchten.»

Die Straßenbahn kommt. Der Türke schaut zur Straßenbahn, dann wieder zu uns. Im letzten Moment springt er in den hinteren Wagen.

Schlegelstraße 41. Ich schaue auf die Klingelschilder, läute bei Marie Schrader, und natürlich macht keiner auf, sie wohnt allein. Ich suche in ihrer Handtasche nach dem Schlüssel und gebe ihn ihr, damit sie die Haustür aufsperrt. Erwartungsgemäß braucht sie eine halbe Stunde dafür, und ich habe Zeit genug, die Scheine aus dem Portemonnaie zu nehmen.

Das Klo und das Mädchen

Neulich Nacht um elf stand ein junges Mädchen – also mit *junges Mädchen* meine ich, sie sah aus wie fünfzehn, war aber wohl neunzehn – vor meiner Tür und fragte, ob sie für 50 Pfennig mal mein Klo benutzen könne. Sie habe im Haus jemanden besuchen wollen, und der sei nicht da. Ich ließ das mit den 50 Pfennig gut sein, zeigte ihr die Toilette und setzte mich wieder an den Computer.

Nach einer Dreiviertelstunde erinnerte ich mich, dass da jemand auf mein Klo gegangen war. Ich lauschte. Es war ganz still. Vorsichtig fragte ich durch die Tür, ob alles in Ordnung sei. «Ja», antwortete eine Stimme souverän.

Nach einer Stunde rief ich eine Freundin an und erkundigte mich, wie lange Frauen denn so brauchten, um einen Tampon zu wechseln oder sich die Pulsadern aufzuschneiden. Statt mir Trost zu spenden, machte sie sich über mich lustig, vermutete sexuelle Absichten auf verschiedenen Seiten und drängte, ich solle doch noch mal fragen. Als Wohnungsbesitzer hätte ich das Recht, alle zehn Minuten zu erfahren, was auf meiner Toilette vorgehe.

Diesmal erhielt ich aus dem Bad die Antwort, es sei nach wie vor alles in Ordnung.

Mittlerweile musste ich selber dringend. Ich zierte mich eine Weile und pisste schließlich hektisch in die Spüle, mit der Gewissheit, dass genau in diesem Moment das Mädchen in die Küche kommen und mich dabei überraschen und für einen depravierten Charakter halten würde. Ich irrte.

Nach etwa anderthalb Stunden hörte ich rhythmische Duschgeräusche, und die Freundin am Telefon klärte mich auf, in meinem Bad würde jetzt onaniert. «Quatsch», sagte ich.

Nach exakt 110 Minuten, ich habe auf die Uhr gesehen, kam das Mädchen aus dem Bad.

«Alles in Ordnung?», fragte ich einfallslos, während sie in Zeitlupe ihre Jacke anzog. Irgendwie stank es. Sie trug eine Jogginghose und Kleidung im Wert von vielleicht DM 12, sah aber selbstbewusst und indolent aus. Ich erkundigte mich, ob sie wisse, wie sie jetzt nach Hause komme. Die Antwort war uneindeutig.

Nachdem sie gegangen war, setzte ich mich vor den Computer, um die Welt per E-Mail von den absonderlichen Vorgängen auf meiner Toilette zu unterrichten. Nach einer Stunde kam das Mädchen wieder und wollte telefonieren. Einen richtigen Plan schien sie nicht zu haben. Schließlich gab ich ihr Geld fürs Taxi.

Als ich um drei ins Bett gehen wollte, klappte ich meine Klobrille herunter und sah, dass sie vollgeschissen war. Zwar mühsam mit Papier weggekratzt; aber es ist nicht jeder so ein Reinlichkeitsfetischist wie ich. Beim Putzen wunderte ich mich dann, warum die Klorollen so seltsam über meine Fliesen verteilt waren, und stellte fest, dass unter ihnen der Fußboden das gleiche Schicksal erlitten hatte wie die Brille, nur dass es hier hausfraulicher versteckt war. Das Handtuch fand ich erst zwei Tage später, sorgfältig mit den zwanzig Quadratzentimetern nach oben gewendet, die nicht –

Was genau davon zu halten ist, weiß ich nicht. Diese Abwesenheit jeglichen Schamgefühls scheint mir eine sehr beneidenswerte Sache zu sein. Mir ist es manchmal ja schon peinlich, wenn ich auf der Straße die Richtung ändern muss, weil ich etwas vergessen habe. Aber so komplett? Wo führt das hin? Im Nachhinein denke ich, ich hätte die 50 Pfennig auch annehmen können.

Ich kriege gerade einen Brief mit der Information, dass ich auf die Vorschlagsliste für Schöffen berufen worden bin. Es ist ein Ehrenamt, wenn ich das richtig sehe. Ich muss bis zu 24 Tage im Jahr zur Verfügung stehen. Für wie viele Jahre, steht da nicht. Aufwandsentschädigung unklar.

Ich bin nicht sicher, ob ich das ablehnen möchte, ob das überhaupt möglich ist. Interessieren tut mich dieses Gerichtswesen sehr, nur würde ich vorher gern wissen, wie viel Zeit dafür wohl draufgeht. Wie lang dauert so ein Tag im Gericht? Wie oft muss ich hin, und wohin überhaupt, um am Ende für genau das zu stimmen, was der Richter vorschlägt? So hat mir zumindest mal eine Juristenfreundin das Verfahren erklärt: Die Schöffen halten das Maul und stimmen am Ende dem Richter zu.

Unlogisch auch: Ich würde schwören müssen, meine Pflichten getreu dem Grundgesetz zu erfüllen. Ich kenne das Grundgesetz nicht und werde es für diese Sache auch nicht lesen – davon abgesehen dachte ich immer, Schöffen sind dazu da, den gesunden Menschenverstand ins Verfahren einzubringen. Für das Gesetz hat man doch Richter. Wobei «gesunder Menschenverstand» ja immer irgendwie nach Faschismus klingt, so wie «Leseratte» oder «Haribo».

Ein paar Berufsgruppen dürfen ablehnen. Ärzte, Hebammen und Apothekenleiter, die keinen weiteren Apotheker beschäftigen, steht da. Und im Verzeichnis nicht zu berufender Personen: «1. Der Bundespräsident.» Möchte wirklich mal wissen, wie oft der Bundespräsident diesen Brief schon bekommen hat und dann erleichtert unter § 34 sich selber aufgeführt fand. Da wurde ihm sicher ganz warm ums Herz, wenn er's noch nicht wusste.

Eine andere Gruppe, die ablehnen kann, sind Leute, die in Vermögensverfall geraten sind. Was ist Vermögensverfall? Ich hatte nie was, was hätte verfallen können, aber ich bin in den letzten zehn Jahren genau einmal im Urlaub gewesen (1 Woche Ostsee), habe in den letzten acht Jahren ein Paar Schuhe gekauft und zwei Hosen. Bin ich ein Vermögensverfall?

Sehr wenig begeistert mich auch der Satz: «Zu eigenen Ermittlungen (Zeugenvernehmungen, Tatortbesichtigungen usw.) sind Schöffen nicht befugt.»

Außerdem weiß ich nicht, ob ich geeignet wäre. Ich denke, ich stehe mit mindestens einem Bein fest auf dem Boden des mir unbekannten Grundgesetzes, mit dem anderen in irgendeinem Sumpf. Menschen, die mich kennen, wissen, dass ich z. B. für die Todesstrafe bin, obwohl ich glaube, Humanist oder so was zu sein. Mir ist aber nie ein Grund eingefallen, warum man als aufgeklärter Humanist immer gegen die Todesstrafe sein muss. Weil das Menschenleben heilig ist? Trotzdem sind alle, die ich kenne, dagegen. Wie damals bei der Atomkraft – wobei ich auch nie *für* Atomkraft war, aber es war mir immer zu kompliziert, mich über Nukleartechnik zu informieren, da hatte ich dann eben einfach mal keine Meinung. Bei der Todesstrafe ist es allerdings etwas anders, Rübe ab verlangt ja keine wissenschaftliche Vorbildung. Das ist eher dieser gesunde Menschenverstand, und der trifft sich hier fast ideal mit dem einzigen Gesetz, das mir je eingeleuchtet hat: Auge um Auge, Zahn um Zahn. Alles andere im Strafsystem ist doch Ermessenssache, folglich unpräzise und unlogisch. Zur Not würde ich noch akzeptieren, dass der Idee, Dieben die Hand abzuhacken, eine gewisse moralische Schönheit innewohnt, aber das ist alles nicht wirklich konsistent. In völligem Widerspruch dazu finde ich Strafe persönlich sinnlos. Ich käme nie auf die Idee, jemanden bestrafen zu wollen. Zu Idioten gehe ich auf Distanz, das reicht mir. Weil ich mich und meine Ansichten kenne, war ich auch schon häufiger froh, in einer Staatsform zu leben, in der man Leute wie mich niemals in eine Verantwortung lassen würde. Nun will man aber genau das. (Wenn wir schon dabei sind, kann ich auch noch schnell erwähnen, dass ich seit einiger Zeit für Folter bin, und zwar genau seit dem Moment, als ich zum ersten Mal darüber nachgedacht habe – das war im Fall Jakob von Metzler –, vorher war ich wegen Standardgesinnung immer dagegen. Aber auch das beweist natürlich nur meine Ignoranz.)

Dabei ist es nicht so, dass ich den Gedanken der Gerechtigkeit nicht faszinierend fände. Ich habe mich schon oft gefragt, was die Leute dazu gebracht hat, diese Utopie zu institutionalisieren. Ich wäre vermutlich nicht auf die Idee gekommen. Trotzdem – und ich glaube nicht, dass mir jemand ernsthaft widersprechen will – sind Gesetze ein Haufen kümmerlicher Verhaltensvorschriften für Sonderfälle und Bekloppte, also für Leute, die sie brauchen. Ich musste Gesetze noch nie beachten und werde vermutlich auch in Zukunft meine Ruhe haben. Ein einziges Mal hatte ich bisher als Beschuldigter vor einem Richter auszusagen, wegen Blasphemie.

Das war so eine Titanic-Sache, aber ich war nur der Zeichner gewesen und verteidigte mich mit dem Satz: «Ich habe doch nur meine Pflicht getan», den sich mein Freund Herr Willhalm dafür ausgedacht hatte. Sofort wurde das Verfahren niedergeschlagen.

Zuletzt ist da auch noch die Sache mit dem Gewissen, die offenbar gar nicht eingeplant ist. Es scheint mir unmöglich (und das ist mein voller Ernst), als Schöffe meine Hand zu heben, um jemanden zwei Jahre in den Knast zu schicken. Selbst wenn er das erwiesene Arschloch vor dem Herrn ist, ich möchte für so etwas Kaputtes nicht die Verantwortung übernehmen. Natürlich übernähme ich nicht wirklich dafür die Verantwortung, ich würde nicht innerlich daran zerbrechen. Ich würde einfach nur die Hand heben und insgeheim denken, leck mich am Arsch, einen schönen Scheiß habt ihr euch da wieder ausgedacht – aber hier auf dem Papier steht es so: Schöffen tragen so viel Verantwortung für das Urteil wie der Richter. Das gefällt mir alles nicht.

Kann auch sein, dass ich das jetzt sage, weil ich besoffen bin, aber mit etwa neunzigprozentiger Sicherheit bin ich auch nüchtern noch meiner Meinung. Langer Rede kurzer Sinn, was soll ich tun? Stelle ich mich besser tot? Oder ist das ein unglaublich interessanter Job? Und was passiert, wenn ich den Brief gar nicht beantworte, werde ich dann gefoltert? In 14 Tagen wollen die das zurück. Bitte um ernsten Rat.

Der alte, verrottete Mann ist braun gebrannt und ledern. Seine Brusthaare wuchern grau nach vorn, er selbst hält sich für stattlich. Im Sommer geht er in den Brunnenpark und setzt sich mit seinem Handtuch zu nah an ein paar junge Mädchen heran, die lässig auf zwei Decken liegen. Ein Wrack treibt vorbei. Das Wrack ist eine fünfundvierzigjährige Frau mit zerstörtem Gesicht, zwei Kilo Schmuck und schwarzer Strumpfhose unter extrem knappem Minirock. Wegen der Hitze trägt sie ihre weiße Lederjacke mit den Nieten überm Arm. Kopfschüttelnd schaut der alte, verrottete Mann ihr hinterher und zeigt auf seinem Gesicht alle Arten von Missbilligung und Ekel, zu denen er fähig ist. Als er einen konsistenten Eindruck von seiner eigenen Mimik hat, wendet er den Kopf den lässigen Mädchen zu, damit sie ihn sehen, aber sie sehen ihn nicht. Er wechselt noch zweimal zwischen missbilligend hier und beifallheischend da und gibt dann auf, ohne erkennbare Zeichen von Niederlage.

Um die Jahrtausendwende hatte ich Judith bei einem Freund kennengelernt und war einigermaßen begeistert gewesen. Ich hatte über diesen Freund eine Einladung ins Kino arrangiert: Der Freund und ich und Judith und eine Freundin von Judith. Wir mochten uns. Die nächste Begegnung fand bereits unter vier Augen statt und steuerte auf ein erkennbares Ziel zu, auch wenn wir diesmal, wie es sich für erkennbare Ziele gehörte, nicht ins Kino, sondern in den Zoo gingen.

Judith wollte zuerst ins Aquarium, nachher schauten wir die Außengehege an. Dann saßen wir auf einer Bank in der Sonne. Wir hatten einen Blick auf die Elefanten. Elefanten seien ihre Lieblingstiere, sagte Judith, und ich war bereits an dem Punkt angelangt, an dem ich keine Schwierigkeiten hatte, «ja» oder «meine auch» oder «meine sind» zu sagen. Unsere Hände lagen dicht nebeneinander auf der Bank, und wir schauten zu, wie der große Elefant mit seinem Rüssel nach hingehaltenem Futter griff. Aufgeregte, zitternde Kinder vor dem Zaun, hinter den Kindern ein Erdnussverkäufer. Vor dem

Wagen des Erdnussverkäufers eine junge Frau. Die junge Frau trug Jeans und ein bauchfreies Top, dazu unpassend hohe Schuhe. Ein Gesicht wie aus der Münze gestanzt und eine Stimme aus einem der problematischeren Teile Neuköllns. Sie zog im Gehen einen Schuh aus, winkelte das Bein an und hinkte auf dem anderen Bein vorwärts, während sie versuchte, den Schuh wieder anzuziehen. Ein Kind lief ihr in den Weg, und sie nannte das Kind einen Scheißhasen («Du Scheißhase!»), ohne die Zigarette aus dem Mund zu nehmen. Wahrscheinlich hätte man keine allzu philosophischen Gespräche mit ihr führen können. Aber in diesem Moment war mein Rendezvous mit Judith zu Ende.

Wir saßen noch eine Zeitlang auf der Bank, ohne dass unsere Hände sich berührten. Anschließend gingen wir Bier trinken, der Abschied war verlegen. Wenn Judith mich damals gefragt hätte, ob ich noch mitkommen würde, wäre ich wahrscheinlich mitgegangen. Und wenn ich sie gefragt hätte, wäre sie wohl auch mitgegangen. Aber sie hielt es für meine Sache, zu fragen, und ich dachte an die Elefanten.

Ich habe Judith nicht wiedergesehen. Vor einigen Jahren hörte ich von ihrer Heirat. Ich war, glaube ich, sogar eingeladen. Auch von einem Kind hörte ich noch. Dann hörte ich lange nichts, und gestern traf ich sie zufällig im Mauerpark bei einem Familienausflug. Judith zögerte nicht, mich zu umarmen. Ihren Mann kannte ich nicht. Er sah freundlich aus, sympathisch. Es war auf Anhieb zu erkennen, dass die beiden zusammenpassten. Das Kind, das neben dem dreirädrigen Kinderwagen herlief, war schon ein paar Jahre alt und sah ebenfalls sympathisch aus, was ich bei Kindern durchaus nicht immer finde. Es war eine insgesamt sehr sympathische Familie, so wirkte das auf mich. Nichts mit großen Leidenschaften, auch Irrtümer, Versöhnungen, dramatische Gesten ausgespart. Aber ein funktionierender Lebensentwurf, Zufriedenheit bei allen Beteiligten.

Wir plauderten eine Weile, während der Junge seinen Vater mit einem Stock in die Kniekehlen peitschte und kichernd davonrannte, bis der Vater hinterherrannte und sich wie ein «Löwe» auf ihn stürzte. Judith und ich blickten ihm nach, und in diesem Moment fiel mir ein, dass ich dieser Mann hätte sein können. Wäre damals die junge Frau mit dem bauchfreien Top nicht in den Zoo, sondern ordnungsgemäß zum Baggersee oder wo auch immer hingefahren, wäre ich unter Umständen dieser Mann gewesen. Wir tauschten keine Adressen, nur so: Ich wohne jetzt in der und der Straße, ach, interessant, ich wohne da und da. Auf dem Weg nach Hause sang ich vor mich hin, obwohl ich eigentlich gar nicht singen kann.

Das einzige Mal in meinem Leben, das ich im Puff war, war in Frankfurt. Ich fuhr zur Buchmesse in die Mainmetropole und war abends mit zwei Redakteuren eines lokalen Satiremagazins unterwegs. Weil in Frankfurt die Bürgersteige ja schon immer um zehn hochgeklappt werden, sind wir dann ins Bahnhofsviertel und haben uns eine Strip-Show angesehen.

Die Frauen kamen über so einen Steg herein, zogen ihre Unterwäsche aus, machten ein paar Turnübungen und gingen wieder. Dazu Musik von einem langhaarigen DJ, der aussah wie die Männer, die auf dem Jahrmarkt immer das Kettenkarussell bedienen. Was daran interessant sein sollte, an dem Strip, meine ich, habe ich nicht herausfinden können. Bis auf einen Mann im Publikum, der guckte, als wolle er das Casting für einen Dieter-Wedel-Film gewinnen, schien es auch sonst niemand zu wissen.

Als wir wieder rauskamen, gingen wir gleich in die nächste Strip-Show, die genauso war, und dann noch in ein oder zwei andere. Die Redakteure schienen sich gut auszukennen, aber ich weiß, ehrlich gesagt, nicht, was die da wollten. Ich glaube, die langweilten sich auch. Oder sie hatten Frauen für umsonst satt. Keine Ahnung.

Ich war jedenfalls völlig betrunken, mindestens zehn Bier, sodass ich gar nicht mehr mitgekriegt habe, dass wir schließlich in einem Hausflur landeten, wo keine Tänzerinnen mehr waren und es auch kein Bier gab. Da konnte man dann im Treppenhaus rumlaufen und in jeder Etage in die Zimmer gucken, die alle ganz sauber aufgeräumt waren. Weiße Seidenbettwäsche, Stofftiere auf dem Bett, bunte Lichterketten, ein laufender Fernseher in jedem Zimmer und davor jeweils eine Frau in Strapsen. In Strapsen! So hatte ich mir das nicht vorgestellt. Es war kein bisschen schmuddelig, und das hat mich irgendwie enttäuscht, ähnlich wie damals Mitte der siebziger Jahre, als ich zum ersten Mal mitbekam, dass die RAF-Gefangenen, für die man immer demonstriert hat, gar nicht in schwarze, stinkende Kellerverliese gepfercht und gefoltert wurden. Da bin ich gleich ein bisschen weniger kommunistisch geworden, damals.

Ich fragte meine Begleiter, ob diese Kinderzimmerdekoration den Damen bei ihrer Arbeit Trost spenden oder eher die Päderastenfraktion affizieren solle, sie wussten das allerdings auch nicht. Und ob es hier noch irgendwas Interessanteres gebe, Dominas zum Beispiel, aber man verneinte.

Je weiter wir raufkamen, desto dunkler wurden die Frauen. Im letzten Stockwerk blieben wir schließlich hängen, und zwei schwarze Prostituierte fielen über meine Begleiter her, vermutlich, weil die nach mehr Geld aussahen und bessere Schuhe anhatten. Die kannten das Spiel aber schon. Dann nahm eine der Prostituierten mir den Schal weg und verschwand damit neckisch in ihrem Raum mit den Plüschtieren. Als wir gehen wollten, versuchte ich, meinen Schal wiederzuholen. Kaum war ich in ihrem Zimmer, schloss die Frau die Tür hinter mir und drehte den Schlüssel um. Und ich dachte, na ja, vielleicht muss man das auch mal gemacht haben.

Dann hab ich ihr hundert Mark gegeben, die sie sofort in eine Keksdose in ihrem Wandschrank steckte, und wir zogen uns aus. Es war eigentlich auch nicht peinlicher, als wenn man dem Hautarzt das Ekzem da in der Leistengegend zeigen muss. Sie hat sich aber nicht ganz ausgezogen und mir zu verstehen gegeben, wenn es richtig ernst werden solle, mit inklusive «touch my titties» und so, brauche sie noch mal hundert Mark. Dann hab ich ihr noch mal hundert Mark gegeben, und sie hat sie wieder in ihre Keksdose gepackt. Wir haben uns aufs Bett gelegt, und durch meinen Kopf sind immer Worte wie «klarmachen» oder «nachkobern» geblitzt, die ich aus dem STERN kannte, den ich als Kind immer lesen musste, der ja damals die Fachzeitschrift für so was war.

Natürlich habe ich keinen hochgekriegt. Trotzdem zog sie mir ohne Mühe ein Kondom über. Ich habe versucht, mich auf irgendwas anderes zu konzentrieren, aber das war ziemlich aussichtslos angesichts des Fernsehers, der Plüschtiere und der Frau da neben mir. Als ich schließlich doch so etwas Ähnliches wie eine Erektion hatte, steckte sie ihre Hand nach unten und schob Falle. Das wusste ich aus dem Fernsehen, wie so was heißt, Falle schieben. Dabei schaute sie die ganze Zeit an die Wand und machte schreckliche Geräusche. Und da ist mir dann ein Licht aufgegangen, dass sie mich gerade für die letzte besoffene Drecksau hält, die da auf ihr draufliegt und rein gar nichts mehr mitkriegt. Was leider nicht stimmte.

Ich hab sofort aufgehört und mich neben sie aufs Bett gelegt. In Wirklichkeit war ich natürlich hellwach und kein bisschen betrunken mehr, und ich habe auch die kleinsten Kleinigkeiten registriert. Im

Fernsehen lief «Shining» mit Jack Nicholson. Das Stofftier auf ihrem Bett war das gleiche wie in allen anderen Zimmern auch, so ein großes gelbes, wie es sie in Losbuden als Hauptgewinn gibt. Und alles war mit einem ekelerregend süßlichen Duft einparfümiert, das Zimmer, die Bettwäsche, die Frau, alles. Ich hab sie gefragt, ob sie den Job eigentlich gern macht, und sie sagte «nein». Sie hat gefragt, ob mit meinem Schwanz was nicht in Ordnung ist, und ich sagte «nein». Weiter haben wir uns nicht unterhalten. Sie konnte noch schlechter Englisch als ich, obwohl sie behauptete, sie käme aus Jamaika.

Beim Anziehen fiel mir ein Zweimarkstück aus der Tasche. Sie klaubte es sofort vom Boden auf und fragte, ob sie das behalten kann. Es war ein bisschen so, wie man von manchen Leuten gern ein Andenken behält, und das hat sie dann auch in ihre Keksdose getan.

Als ich auf der Straße stand, waren die beiden Redakteure längst weg, obwohl ich bestimmt nicht länger als fünf Minuten gebraucht hatte, um aus dem Zimmer wieder rauszukommen. Aber wahrscheinlich dachten sie, das dauert jetzt Stunden. Ich bin eine Weile durch die Gegend geirrt, und dann hab ich mir ein Taxi genommen und bin in die Sophienstraße gefahren. Ich kannte mich ja nicht aus in Frankfurt. Glücklicherweise war Gsella da noch wach, den ich erst mal in einem Anfall verwirrter Homophilie an mich presste.

Im Bett hatte ich Fieberphantasien, was bei mir so aussieht, dass meine Gedanken spiralenförmig werden, und ich bin schon nach zwei oder drei Stunden mitten in der Nacht wieder aufgestanden und zum Bahnhof gelaufen und in den nächsten Zug nach Berlin gestiegen. Als ich an einem Mann mit Kaugummigeruch vorbeikam, ist mir schlecht geworden, weil es mich an dieses Parfüm aus dem Bordell erinnerte. Und vor einer Bäckerei, wo so ein süßlicher Brötchengeruch in der Luft hing, ist mir auch wieder schlecht geworden. So ging das drei Tage.

Ich habe ja als Charaktereigenschaft, dass ich Berlin-Mitte nie verlasse, außer einmal im Jahr mit dem ICE Richtung Hamburg. Deshalb gestern der Entschluss, eine Party, zu der ich in Rahnsdorf eingeladen war, mit dem Fahrrad zu erledigen. Karte brauchte ich nicht. Maßstab 1:500000 ist was für narkoleptische Bachmannpreisträger, der Profi kommt ohne aus. Den Weg also kurz eingeprägt: Bis zur Stralauer und dann etwa 25 Kilometer immer am Bahndamm entlang. Kein Problem.

Herrlicher Sonnenschein, und mit Rainald-Goetz-Irrsinn im Gesicht durch unbekannte Randbezirke: Wie hinter Treptow die Stadt abbröckelt und sich verlangsamt! Wie anders die Leute auf einmal! Dann Ziegelsteinmauern, warmer Stahlgeruch und die ersten Brombeerhecken. Rechts vor mir immer der Bahndamm. Das Kindergefühl von von Disteln zerrissenen Füßen, hilflose Lenkbewegungen im märkischen Treibsand und eine gespensterhafte Häuserruine im Wald, schließlich leichter Meeresgeruch, der Müggelsee.

Baden gegangen: zweihundert Meter ins Wasser gewatet, bis es hüfttief war. Fast keine Leute, kein Kindergeschrei, Stille. Ocker und blau liegt das Strandbad da. Hier habe ich zum ersten Mal Tex getroffen, Betty in ihrem hartschaligen Bikini, Wrobel verirrt am FKK-Strand. Y. Schmidt las einen Artikel aus dem SPIEGEL vor, und es war lustig, weil Y. Schmidt ihn vorlas. War das fünf Jahre her? Seitdem alles ruhiger, einige Kinder geboren, keine Toten bisher.

Rahnsdorf war nicht mehr weit. Ich aß und betrank mich auf der Party und machte mich gegen eins auf den Rückweg. Das schien mir eine gute Zeit, für den Hinweg hatte ich mit Unterbrechungen drei Stunden gebraucht. Mir war klar, dass ich denselben Weg zurück (und im Dunkeln den Bahndamm) nicht finden würde, aber das war auch nicht notwendig. Rahnsdorf von Berlin aus anzupeilen, ist eine chirurgische Meisterleistung, Berlin von Rahnsdorf aus ist wie mit der Stricknadel in eine Tüte Marshmallows piksen. Was ich brauchte, war nur die Himmelsrichtung. Kurz geguckt auf der Fürstenwalder Allee: zwischen Arktur und der Deichsel des Großen Wagens immer mitten hindurch.

Die Nachtluft war herrlich, und dann kam der Wald.

Die großen beleuchteten Straßen wurden schlecht beleuchtete Betonplatten, die Betonplatten wurden Schotter, der Schotter wurde schmal, und dann kam das Gestrüpp, die Dunkelheit und ein Problem, an das ich mich nicht mal aus meiner Jugend erinnern konnte: Wenn man Fahrrad fährt, leuchtet das Licht. Wenn man nicht fährt, leuchtet es nicht. Und wenn man langsam fährt, sieht man etwa anderthalb Meter weit, und das ist in völlig unbekanntem Gelände nicht weit genug, um Bäumen auszuweichen. Also ich mit Maximalgeschwindigkeit rein in den Wald, geradezu fluchtartig, und der Kausalzusammenhang zwischen Flucht und Angst ist bekanntlich umkehrbar. Rechts und links von mir sah ich Wege in die Finsternis abzweigen, ich schlenkerte wild mit dem Lenker, um die richtige – breitere – Abzweigung zu nehmen, justierte währenddessen mit der Hand die Fahrradlampe auf die passende Entfernung und landete auf immer schmaler werdenden Trampelpfaden. Ich erwog, umzukehren und einen anderen Weg zu versuchen, aber den Gedanken gab ich sofort auf, als eine Baumwurzel mich zum Stehen brachte und es zum ersten Mal finster wurde. Und mit finster meine ich: finster.

Ich horchte auf Tiergeräusche. Die Nacht war

sternenklar, aber der Himmel von hohen Baumkronen verdeckt (Deichsel des Großen Wagens, haha). Umkehren und im spitzen Winkel in andere Abzweigungen einzufädeln war utopisch, ich hatte schon Schwierigkeiten, *überhaupt* wieder aufs Rad zu kommen. Ich schob also den Vorderreifen wie einen Rasenmäher hierhin und dorthin, wo war der Weg? Da schimmerte ein Baum, da schimmerte gar nichts, und ah, dort war wohl der Weg! Dann mit Gottvertrauen in die Pedale und ins nächste Gestrüpp gefallen. Vollkommene Schwärze, und ich hatte wirklich ANGST.

Natürlich gefiel mir das auch – wann hat man schon mal Angst? Aber gleichzeitig riss ich in unziemlicher Panik das Fahrrad hoch, versuchte es blind und traf diesmal den Weg. Mit erneut Höchstgeschwindigkeit dann wieder zwischen Bäumen hindurch und über Gruben hinweg und durch blutiges Gestrüpp, an verwunderten Braunbären, Dieben und Wölfen vorbei. Dass ich schließlich noch vor Sonnenaufgang auf welchen Umwegen auch immer nach Hause kam, entnehme man diesem Bericht.

III

Aus der Welt der Perversionen

Mein Lieblingsexperiment aus der Flirtforschung handelt von der geschlechterbedingten Differenz im Senden und Rezipieren unbewusster Signale und geht so: Man dreht einen Videofilm in einer schummrigen Bar. Eine attraktive junge Frau sitzt allein an der Theke, wendet sich Richtung Kamera und lächelt. Dieses Video wird repräsentativ ausgewählten männlichen Testpersonen vorgeführt, die sagen sollen, was das Lächeln, hätte es ihnen gegolten, wohl bedeuten möge. Daraufhin antworten immer genau 87 Prozent der Männer, die Frau wolle dringend von ihnen durchgebumst werden, während die restlichen 13 Prozent der Meinung sind, ein kräftiges Petting sei möglicherweise ausreichend. Dies wird dahin gehend erklärt, dass Männer zur Selbstüberschätzung neigten, bei Frauen alles irgendwie umgekehrt sei und dass die Schauspielerin in Übereinstimmung mit der Regieanweisung *arglos* gelächelt habe. In solchen Momenten fühle ich immer ein schmerzliches Defizit, was meine ganz persönliche Repräsentanz in der Flirtforschung betrifft.

Neulich war ich auf einer Party, wo ich niemanden näher kannte und relativ gut abgefüllt gegen vier Uhr morgens mit der Gastgeberin zu küssen begann, in der üblichen Weise, indem wir unseren instinktiv wirksamen Triebregungen im Rahmen des gesellschaftlich Akzeptierten nachgaben. Als irgendwann unsere Münder frei waren, meinte die Frau, dass «wir es aber wirklich mal miteinander treiben sollten». Im weiteren Verlauf der Party bearbeitete meine Großhirnrinde diese Information und stellte folgende Hypothesen auf:

1a) Sie hat es ernst gemeint. Wir sollten es miteinander treiben.
1b) Na ja, aber doch nicht sofort.
2) Sie hat es ernst gemeint, aber mehr so, wie man unter anderen Umständen «Ich liebe dich» sagt, ein gar nicht mir geltender, in der mir unbekannten Peergroup der Sprecherin geläufiger Satz zur Erzeugung von Irritation.
3) Sie hat es ernst gemeint, ist aber gerade nicht zurechnungsfähig (Alkohol-These).
4) Ich habe mich verhört («Wir sollten es wirklich nicht zu weit treiben»).
5) Nein. Nein. Nein. Wir sollten es miteinander

treiben. Sie hat aber vergessen zu sagen, was *es* ist.
6) Sie hat tierisch einen an der Waffel.
7) Oder ich.

Bei näherer und sehr gründlicher Überlegung würden die meisten unsensiblen Männer wahrscheinlich die These 1a für eine 1a-These und für die richtige halten. Nach dem zehnten Bier jedoch kam mein Gehirn zu der auch für mich überraschenden und den Abend beschließenden Hypothese 8, ein solcher Satz in einer solchen Situation habe mit an Sicherheit grenzender Wahrscheinlichkeit keine immanente Bedeutung.

Als ich den Weg zum Hermannplatz einschlug, um den Nachtbus zu suchen, lief ein stämmiger, hinkender Mann neben mir her, der ebenfalls auf der Party gewesen, mir aber dort nicht aufgefallen war. Mehr pflichtschuldig begann ich ein Gespräch. Er erklärte, er komme aus der SM-Szene wie die meisten anderen Partygäste auch, und das in einem Tonfall, in dem andere Leute sagen: Ich habe einen Blasenkatarrh, wussten Sie das nicht? «Ich quäle gerne Leute» war sein zweiter Satz, und er schien nicht abgeneigt, bei mir anfangen zu wollen. Ich entkam mit dem Taxi.

Eine Woche später traf ich die Gastgeberin wieder. Wir betranken uns, landeten lustig im Bett, und es stellte sich heraus, dass ich mich getäuscht hatte, wie vermutlich 100 Prozent aller repräsentativ ausgewählten Männer sich in derselben Situation getäuscht hätten. Richtig war Hypothese 5. Was jetzt aber keine Kritik an den Ergebnissen der Flirtforschung sein soll.

Wenn man das Wort Weltliteratur hört, hat man sofort eine Reihe großer, alter Bücher im Kopf, von denen man einige unerfindlicherweise als Kind (Don Quichotte, Simplicissimus), einige als Erwachsener (Proust, Musil) und einige nie gelesen hat (den ganzen Rest). Der Unterschied der Weltliteratur zu anderen Klassikern besteht, zumindest bei mir, darin, dass Nichtlektüre in ihrem Fall Schuldgefühle auslöst. Deshalb habe ich in alle diese Bücher mindestens ein Mal reingeguckt und mir gedacht: Himmel. Oder auch: Les ich später. Etwas wie Anton Reiser dagegen löst bei niemandem, der's nicht gelesen hat, Schuldgefühle aus. Karl Philipp Moritz ist keine Weltliteratur, sondern Randfigur der Goethe-Biographik, und man muss nur einen Blick auf Goethes späte Romane tun, um zu wissen, dass die Literaturwissenschaft komplett spinnt und wohl auch die nächsten zwei, drei Jahrhunderte weiterspinnen wird. Mit diesem Gedanken tröstet man sich nachts über seine Unbildung hinweg.

Und nun also: Tristram Shandy, umständehalber. Mein altes Literaturlexikon spricht vom Triumph des subjektiven Stils, vom Kontrast zwischen ausschweifender Reflexion und Schlichtheit der Herzenssprache, von schärfster Spottlust und immer wieder: vom goldenen sentimentalischen Humor. Die Literaturwissenschaft sieht in Sterne üblicherweise den spleenigen Humoristen. Vielleicht hat er darüber hinaus auch andere Qualitäten, aber sie werden selten erwähnt, und ich kann keine erkennen, und so lese ich jetzt Seite um Seite und suche den Humor. Und wenn ich sage, ich finde ihn nicht, meine ich das nicht in dem arroganten Sinne, dass ich über den Dingen stehe, als würde ich im Fernsehen Atze Schröder sehen und es nicht witzig finden. Wenn Atze Schröder Fickwitze macht, erkenne ich die Punchline. Wenn ich sie nicht erkenne, höre ich das Publikum lachen, oder die Einspieler vom Band. Absicht und Mechanik des Schröder'schen Humors sind offenbar. Bei Tristram Shandy bleibt mir selbst das mechanische Gestänge verborgen. Ich weiß einfach nicht, wo der Witz ist. Ich stehe in der Wüste wie ein agnostischer Fels, um den herum eine religiöse, clownsnasige Sekte bizarre Rituale zu seiner Erweckung aufführt. Es würde mir schon helfen, wenn verlagsseitig Lacher vom Band eingespielt würden, man könnte die ja z. B. auf den Seitenrand drucken.

Es hätte natürlich auch einer der vorigen Leser des Buches so freundlich sein können, Bleistiftnotizen für mich zu hinterlassen («Hahaha!», «Brillanter Scherz!» etc.). So tappe ich im Dunkeln. Eine Stelle immerhin glaube ich identifiziert zu haben: Da fahren eine Äbtissin und ihre Novizin in der Kutsche, es sind offensichtlich sexuelle Vorstellungen im Spiel, und es folgt der Dialog: *«O meine Jungfernschaft ist doch noch engelrein! engelrein!», rief die Äbtissin. «-rein! -rein!», schluchzte die Novizin.*

Hier glaube ich «Sehr gewagt! Aber auch zu köstlich! Hahaha!» mit Bleistift an den Rand schreiben zu dürfen. Wobei wir wieder bei Atze Schröder sind und der Frage: Seit wann ist das Weltliteratur?

*

Dass Autoren nicht autobiographisch schreiben sollen, ist als Meinung so armselig wie das Gegenteil. Autoren sollten überhaupt keine allgemeinen Ansichten über Literatur vertreten, und auch Nicht-Autoren sollten das nicht. Sobald Schriftsteller irgendeine Form von Literaturtheorie ausmünzen, läuft sie – es gibt kein Gegenbeispiel – immer sofort darauf hinaus, dass zum allgemeinen Ziel erklärt wird, was der Autor selbst am besten kann und praktiziert. Das sind keine Theorien, das ist das, was sich heranbildet in kleinen Hasen, wenn es nachts dunkel wird im großen Wald.

Und Schreibtheorien von Leuten, die selbst nicht schreiben, kann man noch weniger ernst nehmen. Insofern: Es gibt keine Literaturtheorie. Es gibt keine guten Gattungen, es gibt keine großen Würfe, es gibt keine Zeitforderungen, es gibt nur die Kunst und den Mist.

*

Es ist ein großer Nachteil der bildenden Kunst gegenüber der Literatur, dass man sich selbst quadratmeterweise Unsinn schmerzfrei ansehen kann. Man kann auch die Augen schließen und nach zwei Sekunden weitergehen. Als Leser, der in einem Tausendseitenroman feststeckt, ist man sehr lange sehr allein und bekommt leicht Kopfschmerzen. Das hat in der Evolution der Literatur dem Roman als Gattung etwas Grundsolides und angenehm Konventionelles verliehen.

Dahin wird es die bildende Kunst nicht mehr bringen. In 200 Jahren wird außerdem völlig klar sein, dass die Spitzenleistung der bildenden Kunst der Jahrtausendwende «Grand Theft Auto» war und nicht dieser subventionierte Nachdenkquatsch in zehn Meter hohen Hallen, hergestellt von Leuten mit drei Zahnrädern im Gehirn und begutachtet von Leuten ohne ein einziges.

*

Man darf der Kritik nie vorwerfen, dass sie es selbst nicht besser könne. Ein Kritiker muss nicht schreiben können. Er muss eine Kritik schreiben können, weiter nichts. Es gibt nur eine Ausnahme: wenn Kritik programmatisch wird. Wenn Kritik sagt, in welche Richtung zu marschieren sei. Wenn jemand über Franzen urteilt, er sage nichts Neues über die amerikanische Gesellschaft, wenn jemand sagt, historische Romane gingen nicht mehr, wenn das Engagement vermisst wird (die Transzendenz, die neue Sprache, der relevante Realismus), mit anderen Worten, wenn jemand weiß, wo es langgeht, dann soll er selbst dort langgehen. Einen Wegweiser in die Erde rammen und meinen, man habe den nächsten Kreuzzug angestoßen, ist Kinderkacke.

Natürlich liest man auch bei fast allen Kritikern,

die keine explizite Programmatik vertreten, irgendwann eine heraus. Ein bei aller Objektivität durchschimmerndes Faible fürs Supermoderne oder die uneingestandene Wertschätzung des Familienromans oder schlimmstenfalls ein Kleben an dem, was in ihrer Jugend aktuell war. Hans Henny Jahnn! Wolfgang Koeppen! Erma Bombeck! Und das ist ja okay. Aber sobald es explizit wird, muss man leider sagen: Anforderungen programmatischer Art kann man nur an Gruppen stellen. In der Literatur gibt es keine Gruppen. Wer in der Literatur Bestimmtes verlangt, soll es sich selbst schreiben oder sich ins Knie ficken.

*

November 2005. Namen und Unbewusstes. Plötzlich überrascht festgestellt, dass die Heldinnen in meinen ersten drei Romanen die Namen meiner ersten drei Spielkameradinnen tragen (noch bevor ich in die Schule kam). Sogar in der richtigen Reihenfolge, *Ines* in den «Plüschgewittern», *Sonja* im (unfertigen) Stimmenroman, *Tatjana* in «Tschick». Ich glaube nicht ans Unbewusste, das verschlüsselt Geheimes rausmeldet. Aber manchmal rutscht da doch was durch, und man wundert sich.

Dabei sind Namen für mich traditionell schwierig. Aus Abneigung gegen Sprechendes tendiere ich im Anfangsstadium immer zum Überbanalen. *Heidi* fand ich wahnsinnig lustig, das blieb dann auch im Text. Bei dem meisten Personal funktioniert das aber nicht, da braucht es deutliche, unterscheidbare Namen, die nach dem ersten Auftauchen erinnerbar bleiben. Ganz schlecht bei Ingo Schulze in – ausgerechnet – «Simple Storys», fast das ganze handelnde weibliche Personal fünfbuchstabig mit Doppel-n und i-Laut am Ende: *Jenny, Danny, Hanni, Conni.* Dann noch die fünfbuchstabige *Lydia*, *Marianne* mit Doppel-n. Viermal gelesen das Buch, und immer noch nicht auseinanderhalten können. Gerade im Hanni-Danny-Bereich. Traditionell mit tollen Namen: Thomas Mann, Salinger (as usual), Musil schlimmer Fall, Judith Hermann interessant: im ersten Buch *Markus Werner* für einen durchgeschossenen Kokser (super), im zweiten plötzlich *Raoul.* In David Sedaris' «After Malison» gibt es ein Buch, in dem alle handelnden Personen *Smithy Smithy* heißen, vom Fan leidenschaftlich verteidigt.

Meines Wissens von Max Goldt der Vorschlag, für Romanpersonal konventionelle Namen mit leichter Abweichung der Schreibweise zu nehmen: *Tomas*,

Rolff etc. Nicht zu exzentrisch und bleibt sofort hängen.

Wüsste gern, ob Max Goldt sich selbst mal an einem Roman versucht hat. Gibt diese Thomas-Mann-Qualitätsäußerung von ihm in einem Interview, Berliner Zeitung oder Tagesspiegel. Bin fast sicher, er hat. Von Goldt ist ja auch das Mittelinitial: Martin Z. Schröder, Christian Y. Schmidt. Ich glaube, sogar Oliver Maria Schmitt ist von ihm. Wollte mich immer mal Wolfgang Sch. Herrndorf nennen.

Noch mal Unbewusstes: Bei «Blume von Tsingtao» war mir undeutlich klar, dass ich dieses Amulett mit dem Ring drin irgendwoher hatte, es kam mir als Bild bekannt vor, wusste die Quelle nur nicht mehr. Zwei Jahre nach Abschluss der Geschichte las ich «Habakuk Jephsons Bericht» von Arthur Conan Doyle, und es traf mich wie ein Schlag. Seltsame Übereinstimmung der Ingredienzien. Musste ich als Kind konsumiert haben, eindeutig da die ringförmige Sache, das Amulett. Weitere Übereinstimmungen: Überfall der Neger (Doyle)/Schlitzaugen (Herrendörfer); ungewollte (stimmt das bei Doyle?) Schiffsreise; Voyeurismus durch die Ritzen der Schiffskabine/Toilette; starkes Interesse Gorings/Miikes am Amulett (in Tsingtao dann aus ökonomischen Gründen gestrichen); die mysteriösen Vorzeichen etc. Trotzdem, ich glaube nicht ans «Unbewusste». Also so in dem Sinne, dass es sich «von selbst» manchmal zu Wort «meldet». Ich glaube aber an Zufall. Begründung demnächst vielleicht.

*

Ich bin noch aufgewachsen mit Äußerungen wie «Wenn mehr als hundert Leute meinen Film sehen, wurde ich nicht richtig verstanden». Heute dagegen kann man keine Kritik lesen, die nicht mit der Bekanntgabe der sechsstelligen Auflagenzahlen beginnt. Es ist furchtbar, und man weiß, dass dies nicht so bleiben wird. Aber mir vorzustellen, was danach kommt, bin ich zu phantasielos. Die Begeisterung für den Worstseller wird nicht wiederkehren, und was über den derzeitigen Irrsinn hinausgeht, kann praktisch nur noch die Abschaffung des Buches sein.

*

Ich bin selbst nicht so der große Denker. Ich bin kein Konsument philosophischer Systeme, aber zur Not in der Lage, Systeme zu kapieren und die Schwachstellen aufzuzeigen, das ist ja nicht besonders schwierig. Dem ein eigenes System entgegenzusetzen, dazu bin ich allerdings nicht imstande. Ich laviere seit jeher so rum und verspüre keinen Mangel dabei. Ich war nie religiös. Wenn man mich fragt, warum ich engagierte Literatur ablehne, kann ich das nicht theoretisch begründen. Ich mag engagierte Literatur einfach nicht, und deshalb mache ich keine. Wenn jemand Engagement von mir verlangt, kann ich nur sagen: Zeig mir einen engagierten Roman des zwanzigsten Jahrhunderts. Ich weiß nicht, ob ich zufällig die Highlights verpasst habe oder ob es tatsächlich keine gibt. Vielleicht wird es in Zukunft welche geben (das ist ja immerhin möglich), aber Heinrich Mann: Schrott. Sartre: Schrott. Böll: totaler Schrott. B. Traven: unlesbar. Und deshalb lehne ich das erst mal ab, rein empirisch sozusagen. Da kann Juli Zeh noch so herzzerreißend schlecht geschriebene Aufrufe verfassen. Ich habe keine Lust, am Südpol den Eingang ins Erdinnere zu suchen, wo ihn vor mir schon sehr viel besser ausgerüstete Expeditionen nicht gefunden haben.

Alles, was ich an Literatur schätze, ist im bürgerlichen, psychologischen Roman vorhanden. Wobei da wahrscheinlich gleich ein Literaturwissenschaftler meldet, dass Nabokov nicht bürgerlich ist und Bret Easton Ellis nicht psychologisch. Aber ich lese das eben so. Die kranke Psychologie bei Ellis, die auf dem Untergrund der bürgerlichen Gesellschaft aufblühende Perversion bei Nabokov. Ich erkenne diese Kategorien, und ich erkenne die ästhetischen Kategorien. Für die Entdeckung anderer Welten bin ich nicht hinreichend ausgestattet, oder sie existieren möglicherweise nicht. Mir egal, letztlich.

*

Der Manifestschriftsteller Matthias Politycki hat anlässlich des Lübecker Literaturtreffens formerly known as Günter Grass kocht Kaffee erneut ein Manifest geschrieben. Diesmal heißt es «Dies ist kein Manifest» und handelt davon, dass sein letztes Manifest («Was soll der Roman? – Manifest für einen Relevanten Realismus») auch schon kein Manifest gewesen sei. Das Feuilleton habe einen schweren Fehler begangen, es schlechtzufinden, wie man daraus ersehen könne, dass literarisches Bemühen seitdem verstärkt mit dem Begriff «Relevanter Realismus» schlechtgefunden würde. So ähnlich. Ferner wird überraschend eine Rückkehr zum «Brennpunkt des gesellschaftlichen Diskurses» gefordert, «Primär-, Sekundär- und Tertiärliteraten» werden gebeten, an einem «Ruck» mitzuwirken, abermals in alle Richtungen zu denken, mit anderen Worten, mehr Manifeste zu schreiben.

Ein Mann, der in seinem Leben nie ein ordentliches Manifest hingekriegt hat und auch keiner literarischen Gruppe angehörte, war der vermutlich Quartärliterat Vladimir Nabokov. Einmal musste er in der Zeitung über sich lesen, er werde auf einem Literaturfestival mit anderen Schriftstellern über die *Zukunft des Romans* diskutieren. Er antwortete in der London Times, dass er nicht im Leben daran denke, mit von ihm verachteten Schriftstellern wie «Sartre», «Russell» oder «Ehrenburg» auf einer Bühne zu sitzen. Und fügte die weisen Worte hinzu: «Needless to say that I am supremely indifferent to the ‹problems of a writer and the future of the novel› that are to be discussed at the conference.»

*

Ich bin Proust zuerst in Den Haag begegnet, vor zwölf oder dreizehn Jahren. Ich war in der Stadt, um mir die beiden Vermeers anzuschauen. Sie hängen im Mauritshuis, ‹Das Mädchen mit dem Perlenohrgehänge› und die ‹Ansicht von Delft›. Das Mauritshuis ist das schönste Museum, das ich kenne, es ist klein und alt, quadratisch und fast menschenleer.

Die Vermeers warfen mich um. Es gibt nur wenige Bilder, von denen ich das sagen kann, und ich weiß nicht einmal, ob das heute noch ganz genauso wäre. Aber ich bin damals auf der Suche nach Vermeer durch halb Europa gereist, und je mehr Bilder man sieht, desto weniger berühren sie einen. Mittlerweile setze ich keinen Fuß mehr in Gemäldegalerien. Ich würde hier auch einen Link zur ‹Ansicht von Delft› reinstellen, wenn das Bild reproduzierbar wäre. Ist es aber nicht.

Nachdem ich lange vor dem Bild gesessen hatte, sprach mich ein Amerikaner an. Er wollte über Vermeer reden, und er störte, wie Leute im Museum generell stören. Selbst wenn man in einer Gemäldegalerie ganz allein ist, kommt immer noch jemand vom Personal. In der National Gallery in London, die auch zwei mittelklassige Vermeers beherbergt, hat mich ein Aufseher einmal rausgeschmissen, weil ich eine Stunde lang vor der ‹Virginalspielerin› stand und schließlich zu weinen anfing.

Ich trieb ein wenig Konversation mit dem Mann und verschwand dann in die Cafeteria des Mauritshuis. Nach kurzer Zeit tauchte der Amerikaner wieder auf und setzte sich an meinen Tisch. Er war eigentlich gar nicht unsympathisch, hatte aber etwas Drängendes an sich. Er fragte, ob ich Proust gelesen hätte, und erzählte, dass in der ‹Recherche› die ‹Ansicht von Delft› vorkomme und dass da diese Mauer «with a little piece of yellow» gemalt sei und ob ich wohl dieses little piece of yellow bemerkt hätte. Als ich dem Amerikaner mitteilte, dass ich bei einem «girlfriend» in Amsterdam wohnte, verlor er das Interesse an mir und verschwand.

Ein paar Wochen später sah ich Proust in der Buchhandlung liegen und kaufte ihn wegen des little piece of yellow. Die Geschichte kommt nach ca. 3000 Seiten und geht so: «[Der Schriftsteller Bergotte] starb unter folgenden Umständen: Ein verhältnismäßig leichter Anfall von Urämie war die Ursache, daß ihm Ruhe verordnet worden war. Aber ein Kritiker hatte geschrieben, daß Vermeers ‹Ansicht von Delft› (die das Museum im Haag für eine Ausstellung holländischer Kunst leihweise zur Verfügung gestellt hatte), ein Bild, das er liebte und sehr gut zu kennen meinte, eine kleine gelbe Mauerecke (an die er sich nicht erinnerte) enthalte, die so gut gemalt sei, daß sie allein für sich betrachtet einem kostbaren chinesischen Kunstwerk gleichkomme, von einer Schönheit, die sich selbst genüge; Bergotte aß daraufhin nur ein paar Kartoffeln, verließ das Haus und trat in den Ausstellungssaal. Schon auf den ersten Stufen, die er zu ersteigen hatte, wurde er von Schwindel erfaßt. Er ging an mehreren Bildern vorbei und hatte einen Eindruck von Kälte und Zwecklosigkeit angesichts einer Kunst, die nur künstlich war und nicht gegen das Fluten von Luft und Sonne in einem venezianischen Palast oder einem einfachen Haus am Meeresufer aufkommen konnte. Endlich stand er vor dem Vermeer, den er strahlender in Erinnerung hatte, noch verschiedener von allem, was er sonst kannte, auf dem er aber dank dem Artikel des Kritikers zum ersten Mal kleine blaugekleidete Figürchen erkannte, ferner feststellte, daß der Sand rosig gefärbt war, und endlich auch die kostbare Materie des ganz kleinen gelben Mauerstücks entdeckte. Das Schwindelgefühl nahm zu; er heftete seine Blicke – wie ein Kind auf einen gelben Schmetterling, den es gern festhalten möchte – auf die kostbare kleine Mauerecke. ‹So hätte ich schreiben sollen, sagte er sich. Meine letzten Bücher sind zu trocken, ich hätte mehr Farbe daran wenden, meine Sprache in sich selbst so kostbar machen sollen, wie diese kleine gelbe Mauerecke es ist.› Indessen entging ihm die Schwere seiner Benommenheit nicht. In einer himmlischen Waage sah er auf der einen Seite sein eigenes Leben, während die andere Schale die kleine so trefflich gemalte Mauerecke enthielt. Er spürte, daß er unvorsichtigerweise das erste für die zweite hingegeben hatte. ‹Ich möchte dabei doch nicht, sagte er sich, für die Abendzeitungen die Sensation dieser Ausstellung sein.›

Er sprach mehrmals vor sich hin: ‹Kleine gelbe Mauerecke unter einem Dachvorsprung, kleine gelbe Mauerecke.› Im gleichen Augenblick sank er auf ein Rundsofa nieder; ebenso rasch dachte er schon nicht mehr, daß sein Leben auf dem Spiele stehe, sondern in wiederkehrendem Optimismus beruhigte er sich: ‹Es ist eine einfache kleine Verdauungsstörung, die Kartoffeln waren nicht ganz gar, es ist weiter nichts.› Ein neuer Schlag streckte ihn zu Boden, wo die hinzueilenden Besucher und Aufseher ihn umstanden. Er war tot.» (Übersetzung: Eva Rechel-Mertens)

Die Romanfigur gleicht in vielem Anatole France, aber auch dem Autor selbst. 1921 besucht Proust eine Ausstellung holländischer Meister im Musée du Jeu de Paume, erleidet vor den Bildern einen Schwächeanfall und stirbt im Jahr darauf. Ich hatte später noch einmal die Gelegenheit, die ‹Ansicht von Delft› zu sehen, bei der großen Vermeer-Retrospektive in Den Haag, der schrecklichsten, überfülltesten Ausstellung aller Zeiten. Die kleine gelbe Mauerecke konnte ich auch da nirgends entdecken.

*

Ich glaube, das Hauptproblem an der Jugendsprache sind ihre Träger, also hauptsächlich Jugendliche. Von Vierzehnjährigen kann weder besonderes Sprachgefühl noch große geistige Trennschärfe erwartet werden. Nachahmungen ihres Jargons als 1:1-Abbildung funktionieren in der Regel nicht und wirken anbiedernd, weil sie die reduzierte Sprache abbilden, aber nicht die dazugehörige geistige Beschränktheit. Das Reden eher kompletten Blödsinns ist beim Drehbuchschreiben ja doch oft hinderlich. «Die Amis sind endkrass, Mann, dieser Irak-Krieg ist mega-uncool» geht z. B. gar nicht als Satz. Wenn man Amis durch Pommes und Irak-Krieg durch Ketchup ersetzt, wird es aber schon mal deutlich besser.

Noch besser wird es, wenn Jugendliche in offiziöser Weise reden. Das war etwa in dem Film *alaska.de* der Fall, wo Skins und Totschlag stattfinden, und dann sitzen da zusammengesunken Jana Pallaske und ihr Filmpartner und reden stundenlang über «Opfer» und «Polizisten», was in seiner ganzen Hilflosigkeit extrem überzeugend ist.

Größtes Problem ist natürlich die Vergänglichkeit, man denke an *Wir Kinder vom Bahnhof Zoo* («Cool» scheint mir übrigens davon ausgenommen, weil es im Gegensatz zu «stark» oder «schnafte» eher Haltung als Wertung ist und in unscharfer Opposition zur Doofheit steht). Auf der sicheren Seite ist man, glaube ich, mit Klassikern wie «blöde», «doof», «scheiße», auf die regelmäßig zurückgegriffen wird, wenn man zum Ausdruck bringen will, dass man von uncool zusammengesetzten Epitheta die Schnauze voll hat.

Und wenn man in der Situation ist, Dialoge mit abgefahrenen Worten produzieren zu müssen, würde ich irgendwie dazu raten, diese Worte zu erfinden. Das wirkt – wie in *Clockwork Orange* – natürlich leicht irre, aber dieses leichte Irrsein ist ja ein Charakteristikum, geradezu ein Vorrecht der Jugend.

*

Das ist ja das Schöne an manchen Verschwörungstheorien, und die Mondlandungslüge gehört dazu, dass sie tatsächlich nach Ockhams Rasiermesser arbeiten. «Filmstudio», das erfordert sehr viel weniger Hilfshypothesen als zu sagen, die sind wirklich mit hochkomplizierten Maschinen nach da oben geflogen und haben ihr Leben riskiert. (Wobei das natürlich eine Schmalspurversion des Rasiermessers ist, ein falscher Begriff von Einfachheit.)

Bei dem Versuch, plastische Chirurgie abzulehnen, begibt man sich auf schwieriges Gelände. Eine klare Abgrenzung zu Kosmetik und Hygiene ist praktisch unmöglich. Der graduelle Unterschied zwischen Lippenstift, Zahnspange, Ohren anlegen, Fett absaugen und Brust vergrößern ist so schwer auszumachen, wie sich die Frage beantworten lässt, wer alles eine unsterbliche Seele hat. Auch hier kämpfte die Scholastik vergebens. Wenn der Mensch eine unsterbliche Seele hat, warum nicht auch der doch ganz bauplanähnliche Affe? Im Sinne der Evolution ist da kein wirklicher Unterschied zu erkennen. Auch niedliche Hunde und Pferde würde man darüber hinaus nicht ausnehmen wollen. Doch leider gilt fürs Tierreich: je kleiner, desto *hmpf.* Der Hamster geht vielleicht noch hin («Oooch, guck mal, wie der schaut!»), die Springmaus und das Hörnchen. Was aber ist mit Stichling oder Stubenfliege? Warum fällt uns die Vorstellung, Assel, Regenwurm und Wanze hätten eine unsterbliche Seele, so schwer? Und zuletzt: das Bakterium.

Biologisch gesehen existiert keine klare Trennlinie. Und selbst wenn man dem Bakterium die unsterbliche Seele geben möchte, weil man sie dem Affen nicht verweigern wollte, sollte dann nicht auch das Virus eingemeindet werden, das Eiweiß und das Prion? Denn interessant: Objektiv betrachtet sind die Prionen der Unsterblichkeit tatsächlich am nächsten. Insofern klares Ja zur Silikonbrust.

Was mich dagegen wundert, ist, dass die Natur, die sich bekanntlich für keinen Schnickschnack und kein Schischi zu schade ist, es versäumt hat, spiegelnde Lebewesen zu erschaffen. Fische, die sich mit Lampionen durch die Dunkelheit helfen, Schmetterlinge, die wie perniziöse Raubkatzen schauen, Insekten wie Blätter und Kühe mit Eutern – der ganze Teilchenzoo des Wahnsinns. Warum gibt es da kein verspiegeltes Lebewesen? Im Sinne der Evolution wäre das bei der Abwehr von Angreifern vielleicht sinnvoller noch als Mimikry, Fluchtbewegung oder Stachelpanzer. Oder nimmt das Spiegeltier zu großen Schaden durch das aus der Brigitte-Psychologie bekannte Phänomen der Identifikation mit dem Aggressor? Ich weiß es nicht. Schlimmer wäre für ein solches Tier vermutlich der Anblick eines Spiegels: Es sähe nicht sich selbst, weder verkehrt herum noch richtig, sondern nur noch einen unendlich reflektierten Lichtstrahl. Wobei mir einfällt, vielleicht hat es ein solches Lebewesen im Laufe der Jahrmillionen gegeben, aus oben schon erwähnten Schischigründen. Es ist aber ausgestorben, weil es seine paarungswilligen Artgenossen nicht erkennen konnte und sehr einsam war, das Spiegeltier, und gedacht hat – aber nein, ich bin ja betrunken.

Weberknechte haben zwischen null und acht Beinen. Die Beine des Weberknechtes sind wie der Schwanz des Chamäleons und können bei Gefahr abgeworfen werden. Auch der Rumpf des Weberknechtes kann in gefährlichen Situationen abgeworfen werden. Der Weberknecht ist das einzige Tier mit einem ambulant verorteten Ich. Das ist wie in dem Film *Der Mieter* von Polanski, wo sich der Held angesichts eines herausgezogenen Zahnes fragt, ob er jetzt noch immer Ich ist oder ob Teile des Ichs im Zahn stecken. Und wie es wäre, wenn man sich einen Finger abschnitte oder einen Arm. Wie viel man von sich abschneiden könnte, ohne die Fähigkeit zu verlieren, «ich» zu sagen. In der Szene, wo Polanski sich das fragt und wahnsinnig wird, erkennt der eingefleischte Cineast rechts oben im Hintergrund einen Weberknecht.

Das Unterbewusstsein in der Psychoanalyse stellt eine Instanz vor, die sich niemals irrt. Es ist eine Art unfehlbarer Mülleimer, aus dem die zuvor in ihn verdrängten Erlebnisse und unliebsamen Triebregungen zu gegebener und meist unpassender Zeit in symbolischer Form wiederauftauchen und unser Leben zerstören bzw. uns erleuchten, wenn wir sie «verarbeiten». Was immer aus dem Dunkel des Unterbewusstseins über uns hereinbricht, ist unwiderstehlich und frei von Irrtum, was umso merkwürdiger anmutet, als der Rest der menschlichen Selbstwahrnehmung als unzuverlässig bis zum Funktionsausfall gilt.

Die Behauptung, man selbst habe kein derartiges Organ, ist schwierig zu vertreten, da als Haupteigenschaft des Unterbewusstseins gilt, dass das Bewusstsein und das wache Denken keinerlei Zugang zu ihm hätten. Die Frage, wie man dann auf seine Existenz gekommen sei, beantwortet die Psychoanalyse mit Sekundärphänomenen, mit Krankheitssymptomen und Verhaltensweisen, die aus den regulären Hirnfunktionen nicht erklärt werden können. So kann man aus Blitz und Donner die Existenz Gottes ablesen.

Man mag es auffällig finden, dass das Auftreten des Unterbewusstseins in der Kulturgeschichte der Menschheit zeitlich mit der Vertreibung Gottes aus der äußeren Welt zusammenfällt. Es ist die letzte Rückzugsbewegung einer unfehlbaren Wahrheitsinstanz in die Innenwelt, wo sie aus Gründen der Autoreferentialität lange Zeit sicher sein dürfte. Die Liebe zum Unterbewusstsein erinnert an das religiöse Bedürfnis, eine Erkenntnislücke zu schließen, indem der spezifischen Unzurechnungsfähigkeit des Menschen ein Ort im Körper zugewiesen wird, statt anzunehmen, es liege ein Mangel vor. Das Unterbewusstsein ist das Lieblingsspielzeug der geistig Unbeschenkten, die es fürchten und anbeten. Eine Instanz, die ihnen Fremdbestimmung garantiert, obwohl sie innerhalb der eigenen Grenzen lokalisiert werden kann, die glückliche Synthese aus Hörigkeit und Autarkie.

Ich glaube, das gestische Repertoire in Mitteleuropa hat einfach stark abgenommen in den letzten Jahrzehnten. Die Hände über dem Kopf zusammenschlagen – natürlich gibt es das. Genauso wie Haareraufen. Auch der Comic erfindet nichts, er übertreibt nur.

Eines meiner größten Entfremdungserlebnisse hatte ich mit ungefähr achtzehn, ich war mit dem Fahrrad auf dem Weg zu – egal. Jedenfalls in einem Moment äußerster seelischer Anspannung. Da hörte ich auf einmal ein Klackern und dachte: Was ist das denn? Es dauerte eine Sekunde, bis ich erkannte, dass es meine Zähne waren. Ich habe sie wirklich zuerst gehört und dann gefühlt. Und es hat mich eigenartig berührt, dass mein Körper eine Reaktion ausführte, von der ich bis dahin angenommen hatte, es gebe sie nur in literarischen Beschreibungen. Zähneklappern. Ich fühlte meine große Liebe – denn natürlich ging es um große Liebe – unoriginell und entwertet.

Ich komme aus fast jedem Film mit der Körperhaltung des Hauptdarstellers. Manchmal zuckt noch die Waffe in meiner Hand, wenn ich ins Foyer trete. Manchmal bin ich tot. Aus dem Film *Idioten* bin ich, wie Hunderte andere auch, sabbernd getaumelt, und es hielt auch auf der Straße noch an. Aber das alles geht vorüber.

Die einzige dauerhafte Geste, die ich auch nach zwanzig Jahren noch benutze, habe ich aus einem Film, den ich nie gesehen habe, *Vom Winde verweht.* So etwa mit zwölf las ich in einer Zeitung einen Artikel, in dem eine Frau ihre Fünfziger-Jahre-Kindheit beschrieb und wie sie mit ihren Freundinnen stundenlang vor dem Spiegel gestanden und geübt habe, die eine Augenbraue hochzuziehen wie Vivian Leigh. Daraufhin stellte ich mich auch vor den Spiegel und übte mit der rechten Augenbraue, bis ich es konnte.

Als ich Kind war, gab es einen bestimmten Sprachgebrauch, wenn wir Rollenspiele spielten. Dazu suchten wir Identifikationsfiguren aus Bilderbüchern, Tiere zumeist (ich glaube sogar, immer Tiere, mit Menschen funktionierte es nicht). Und mit diesen Avataren, die damals noch nicht Avatare hießen, spielten wir Geschichten durch. Diese Geschichten waren meist langweilig, aber das Heraussuchen der Bilder und das Herumstreiten, wer wie aussehen durfte, dauerte immer Stunden und war das eigentlich Spannende. Jedenfalls, wenn wir endlich zu Pumas oder Hamstern geworden waren, sagten wir immer: «‹Meiner› geht jetzt mal hierhin und versteckt sich auf der Fensterbank, aus Spaß» oder «‹Meiner› schläft gerade». Nun weiß man aber aus der Psychologie, dass man in keinem Lebensalter so verdrahtet ist mit seinen eigenen Anschauungen wie als Kind. Und wenn ich auch sonst einen Scheißdreck auf Psychologie gebe, kam mir das doch bisher auch so vor. Ich meine, behaupten zu können, mich niemals in meinem Leben wieder so puma- oder hamsterartig gefühlt zu haben wie zu jener Zeit. Warum dann das Possessivpronomen? Warum «meiner», und nicht «ich»? Das war in einem Alter von vier oder fünf Jahren.

Ebenfalls im Schwange war die Formulierung «aus Spaß». «Meiner findet jetzt aus Spaß einen Kuchen.» (Pumas ernährten sich damals noch vegetarisch.) «Aus Spaß» war damals das, was ich heute «virtuell» nennen würde oder «innerhalb meiner Fiktion, in der ich gerade einen Puma darstelle, wie ihr wisst, obwohl ich vielleicht nicht so aussehe, und ihr im Übrigen auch nicht». Es deutete jedenfalls an, dass es diesen Kuchen nicht wirklich gab. Eine Kennzeichnung der Fiktion als Fiktion, wie in der modernen Literatur das sog. Aufbrechen der Erzählstruktur, was mir aber, seit ich sieben Jahre alt war spätestens, nur noch belämmert vorkam und noch heute vorkommt. Wozu das also? Hat das jeder gemacht als Kind? Gibt es regionale Unterschiede? Kann mir jemand mit Kindern sagen, ob Kinder beim Spielen heute vielleicht schon «virtuell» und «Avatar» sagen? Und ist es am Ende so, dass Kleinkinder und Literaturwissenschaftler die Einzigen sind, die zwischen Fiktion und Realität nicht recht unterscheiden können und es deshalb nennenswert finden?

Falls ich jemals etwas anderes als reine Fiktion schreiben sollte, erschießen Sie mich bitte.

IV

Akalkulie

Meine Akalkulie nervt mich zunehmend. Wenn ich mich zwischen zwei Zahlen entscheiden müsste, und es wäre eine Frage von Leben und Tod, hätte ich keine Probleme. Ich würde mich einfach für die Zahl entscheiden, die nicht die Zahl ist, welche meine Intuition als die richtige erkannt hätte, und gewinnen.

– Und bei dreien? Wir spielen ein Spiel. Herr Herrndorf. Hier sehen Sie drei Türen. Hinter zweien davon steht eine Ziege. Hinter der dritten wartet der Sensenmann.

– Das ist ja toll. Ich nehme gleich die Ziege, ich will Ihre Million gar nicht. Geld hab ich selbst genug.

– Herr Herrndorf, Sie haben das Spiel nicht verstanden.

– Das ist mir scheißegal. Ihr könnt mich alle mal am Arsch.

– Sie müssen sich entscheiden.

– Warum?

– Weil Sie sich entscheiden müssen. Das sind die Regeln. Die haben wir auch nicht gemacht.

– Wer dann?

– Das würde ich Ihnen gern sagen. Wenn ich es wüsste. Weiß ich aber selbst nicht. Und ist doch auch egal. Wählen Sie jetzt bitte Ihre Tür. Eins, zwei oder drei. Nennen wir es ein physikalisches Gesetz.

– Was soll das für ein Gesetz sein?

– Jetzt reicht's.

– Worum geht es überhaupt?

– Um alles. Wenn Sie nicht wählen, wähle *ich* für Sie, und dann heulen Sie bitte nicht rum, wenn der Sensenmann rauskommt.

– Dann nehme ich Tür vier und kack auf das, was immer dahinter ist: ein Teller Spaghetti, eine Smith & Wesson oder der Regisseur dieses beschissenen Spiels.

– Wir warten auf Ihre Antwort.

– Dann nehme ich Tür drei für Sie. Das ist der Sensenmann. Aller Wahrscheinlichkeit nach. Was ist das überhaupt für ein Sender hier? Öffentlich-Rechtliches? Erkenn ich doch. Stimmt's? Stimmt's? War ja klar. Für Unterschichtenfernsehen ist das zu langweilig. Und Sie sind aber hallo auch nicht sexy genug.

– Wie meinen?

– Da hilft Ihnen auch die alberne Deko auf Ihrem

Kopf nicht. Neben Sonja Zietlow sehen Sie doch aus wie eine Transe, der sie vor zweihundert Jahren das Silikon aus den Implantaten gelassen haben. Wer ist hier eigentlich für das Casting verantwortlich?

– Bleiben Sie sachlich. Und zügeln Sie Ihren Zwangsvulgarismus. Wir machen das hier nicht zum Spaß.

– Wozu denn sonst? Und was heißt hier immer *wir*? Ich, mein Vater und Herr Geist von der Intendanz?

– So in etwa.

– Also doch nicht Kanal Telemedial, sondern eher Bibel-TV?

– Das braucht Sie nicht zu kümmern. Und jetzt weiter im Text. Welche der drei Türen nehmen Sie? Antworten Sie, es geht um Ihr Leben. Das scheinen Sie immer noch nicht begriffen zu haben.

– So wie Sie nicht begreifen, dass Sie mir gar nichts können. Ich bin schon lange tot.

– Wie meinen?

– Ich existiere nicht. Habe nie existiert. Genauso wenig wie Sie. Und das alles hier.

– Ach, der alte Unsinn! Ich kann Sie doch sehen. Und Sie reden die ganze Zeit mit mir. Das ist widersinnig.

– Ja. Das ist meine Privatreligion.

– Das klingt jetzt reichlich abgedreht. Und nicht sehr logisch.

– Das müssen Sie gerade sagen, Herr über die beabsichtigten Konstruktionsfehler. Sie inexistente Kackbratze.

– Ich bin keine … ich bin existent.

– Das kann ja jeder sagen. Sie sind doch nicht mal stellvertretender Aufnahmeleiter in diesem von Mongos besoffen zusammengenagelten Studio bei Bibel-TV … nicht mal richtige Mikros haben Sie.

– Selbstverständlich. Die Mikros sind unsichtbar. Wie auch die restliche Technik.

– Und das da?

– Das sind Attrappen. Die mussten wir machen, weil die Leute sonst irritiert reagieren und sich nicht natürlich verhalten würden.

– Verstehe. Sie spielen die Truman-Show nach.

– Ja. Beziehungsweise umgekehrt.

– Nur billiger.

– Wieso billig?

– Na, warum funktioniert nicht mal die Deko da? Die mit Goldlack besprühten Sperrholztüren? Die quietschenden Scharniere? Warum funktioniert das alles nicht?

– Hier funktioniert alles exakt genau so, wie es soll.

– Wer denkt sich so einen Scheiß aus?

– Ich.

– Sie. Und haben Sie eigentlich auch einen Namen? Sie haben sich noch nicht vorgestellt.

– Mein Name ist unaussprechlich.

– Woher wusste ich das?

– Hören Sie, Sie können mich nennen, wie Sie wollen, wenn es die Sache für Sie erleichtert. Den meisten erleichtert es das. Sie können mich Herr nennen oder Thomas G. Hornauer, das ist ganz egal. Ich bin nicht empfindlich. Sie können auch einfach mit der Hand so machen, da weiß ich schon, dass ich gemeint bin.

– Also schön, Herr Hornauer: Und hat die Arbeit an dieser in fünf Minuten zusammengeklebten Kulisse Sie befriedigt?

– Ja, sie hat sogar Spaß gemacht. Ich tat, was ich tat, in fünf Minuten mit großer Begeisterung. Und ich sah, dass es gut war. Den Beifall des Publikums fand es auch immer.

– Das hab ich befürchtet. Anosognosiker.

– Agnostiker bin ich überhaupt nicht. Ich bin die Wahrheit.

– Quantenradierer? Der Mann, der Einsteins Hirn gewürfelt hat? Sie fangen langsam an zu nerven. Weil Sie die Antwort auch nicht wissen.

– Natürlich weiß ich die.

– Dann bitte.

– Ach, Gott, das ist so lange her, ich weiß doch gar nicht, wofür das alles gut war. Ich bin nicht mehr so in der Materie drin.

– Wissen Sie überhaupt, was das ist, ein Quantenradierer?

– Wohl.

– Also?

– Damit müsste ich mich noch mal genauer vertraut machen …

– Ha!

– Aber ich kann auf die Schnelle schon mal Folgendes sagen, wenn Sie's interessiert: Bei flüchtiger Lektüre des Wikipedia-Artikels zum Quantenradierer kann ich schon mal konzedieren: Sie sind ziemlich nahe dran … aber Ihren Physikern unterlaufen da noch einige grundlegende Fehler –

– Das ist ja die Höhe! Sie wissen nichts.

– Natürlich weiß ich es. Ich weiß alles.

– Dann spucken Sie's aus.

– Wenn ich sie Ihnen sagte, würden Sie es doch

nicht verstehen mit Ihrem Physik-LK von vor 25 Jahren.

– Billig. Billige Masche.

– Also, da müsste ich bei Ihnen doch erst mal wieder mit den Grundlagen anfangen.

– Das kann sein. Aber dann beginnen Sie doch mal mit der Quantenverschränkung. Das ist ja wohl ein toller Unsinn. Wozu ist das gut?

– Da hab ich mir schon was bei gedacht, traun.

– Wie reden Sie denn auf einmal?

– Entschuldigung.

– Und der EPR-Effekt?

– EPR! Das ist mit Ihnen ja wie mit den Zeugen Jehovas. Hat man eine Frage befriedigend erklärt, wechseln Sie das Thema und kommen mit der nächsten, bis in alle Ewigkeit. Wenn ich auch mal was fragen darf: Warum schicken Sie mir eigentlich immer Ihre Juden auf den Hals, wenn Sie was rausfinden müssen? Einstein, Rosen –

– Und Podolski, was war mit dem? Ist der auch Jude, Sie nachtragendes Würstchen?

– Es war mein *einziger* Sohn, den sie getötet haben, der ihnen meine Botschaft verkündigt hat.

– An die Sie sich selbst auch immer gehalten haben?

– Seien Sie doch nicht so kleinlich.

– Ich glaube, wir verbinden verschiedene Vorstellungen mit dem Begriff befriedigend. Und das Konzept hinter dem Ausdruck Ewigkeit scheinen Sie mir auch nicht begriffen zu haben.

– Das hat aber *niemand* begriffen.

– Der nächste Konstruktionsfehler!

– Gar nicht. Das gehört so.

– Sie sind nicht zufällig auch Künstler? Bei denen war alles, was nicht klappt, im Nachhinein auch genau so gedacht. Ein Architekt dürfte sich so was nicht erlauben! Übrigens weiß ich das doch, das mit der Ewigkeit.

– Ach ja?

– Ja.

– Dann schießen Sie los.

– Das – das kann ich Ihnen sagen. Aber dann müssen Sie vorher zugeben, dass *Sie* es nicht wissen. Nicht dass Sie hinterher sagen: Wusste ich auch!

– Geb ich gern zu: Ich bin *absolut* ahnungslos. Schwör's. Und wenn Sie's mir sagen, werden Sie mir auch gleich erzählen dürfen, wie und wo Sie in Dreigottesnamen die Lösung gefunden haben, ich bin nämlich auch in dieser Frage ganz ahnungslos.

– Schwör's?

– Schwör's.

– Also –

– Ich bin ganz Ohr.

– Ich bin – was lachen Sie denn so blöd?

– Ich lache gar nicht.

– *Schweigt.*

– Jetzt machen Sie schon. Ich lache nie. Das letzte Mal hab ich gelacht, als dieser Spaßvogel hier vor mir stand. Voltaire. Auch so ein Klugscheißer. Aber immerhin nicht mit Manieren. Und im Gegensatz zu Ihnen auch amüsant. Und ein König der Einschaltquote! Nicht so ein Würstchen.

– Aber das war früher. Früher hatte das doch praktisch jeder Trottel, und wenn es Sie nach solchen Leuten gelüstet –

– Sie lenken ab.

– Sie haben damit angefangen.

– Sie schulden mir immer noch eine Erklärung. Wenn Sie eine wissen.

– Worauf Sie Gift nehmen können.

– Sie beginnen mich *slightly* zu langweilen. Raus mit der Sprache, oder Ihr nächstes Wort ist Ihr letztes.

– Die fünfte Tür.

– Was?

– Die fünfte Tür. Ich habe die fünfte Tür gefunden und dahintergesehen.

– Die … fünfte Tür … es gibt keine fünfte Tür. Es gibt nicht einmal eine vierte Tür. Wir haben nur drei. Und Sie wissen nicht einmal, was hinter *denen* ist.

– Das haben Sie doch ganz am Anfang gesagt. Vergessen?

– Nicht vergessen. Aber das war ein Witz. *(zeigt auf sein T-Shirt «Sieh dich vor, Christ mit Humor»)* Tut mir leid. Es wäre das Spiel aber sonst gar zu trostlos.

– Trostlos …

– Aber um das abzukürzen, wir haben nicht ewig Zeit. Ich kann Ihnen gern sagen, was hinter den Türen ist. Beziehungsweise hinter den ersten beiden –

– Und warum nicht, was hinter der dritten?

– Sie wissen noch nicht einmal, was hinter den ersten beiden ist, schon wollen Sie, was hinter der dritten ist.

– Ja.

– Ich muss es Ihnen nicht sagen.

– Ha!

– Ich sag's Ihnen gern, wenn Sie wollen.

– Nur wenn Sie's unbedingt wollen.

– Bitte.

– Die meisten wollen es nicht wissen.

– Ach Gott! Das ist doch ein Groschenroman für die ungewaschenen Massen. Die Lehrlinge von Sais.

– Mein Gott, was für eine Nervensäge.

– Hinter der ersten ist eine Ziege.

– Klar.

– Hinter zweiten ist der ... das wissen Sie selbst. Der Mann mit der Sense. Oder die Frau mit der Sense. Wir können das gern geschlechtsneutral formulieren. Wir leben in sonderbaren Zeiten. Aber vielen ist neuerdings die Frau lieber.

– Die ... die Frau. Die Sensenfrau. Als Gerippe, ja?

– Ja.

– Und mit Sanduhr? Oder nur Sanduhrfigur?

– Wie Sie wünschen.

– Wie – wenn *ich* wünsche?

– Ja, die Sitten haben sich extrem gelockert. Mein Stellvertreter hat das Heft schon lange nicht mehr fest in der Hand. Und mir ist mittlerweile auch alles völlig wurscht. Ich mache das, was das Publikum wünscht, Hauptsache, die Quoten stimmen und die Illusion wird aufrechterhalten. Alles geht.

– Dann hätte ich gern einen auf die Knie gefallenen hitlergrüßenden Ministranten mit einem *solchen* Dildo im Arsch. Mit Sense natürlich auch, die ja wohl unbedingt –

– Nein! Das geht nicht. Dafür sind Sie eindeutig ein paar Jahrhunderte zu früh.

– Ich warte gern.

– Wie originell. Der Franzmann hat damit angefangen. Mittlerweile reißt fast jeder den Witz. Brechen wir das traurige Spiel mal ab. Auf dem Zweiten beginnt Champions League. Da spielen wir gleich vor leeren Rängen.

– Oder das Kaninchen. Oder die Sensenkatze. Es ist jetzt der letzte Damm gebrochen. Mir ist doch alles egal. Wenn's Ihnen hilft: Das Kaninchen mit der Sense, die Urgroßmutter, Brad Pitt, alles. Wobei hier: Angelina deutlich bevorzugt, von Geschlechtern unabhängig. Sogar bei Kindern!

– Und die dritte lässt sich nicht öffnen.

– Hatten Sie beim Aufbau der Deko zufällig polnische Leiharbeiter dabei?

– Nein, wir mussten sie zudübeln.

– Einer Ihrer berühmten Absichtskonstruktionsfehler?

– Fehler, na ja. Fehler ist das falsche Wort. Es ist eher, wie soll man sagen ….

– Pfusch?

– Nein, kein Pfusch.

– Nein, natürlich nicht!

– Ich würde es anders nennen.

– Wie denn? Saftladen? Schlamperei? Streik? Gedankliche Wurschtigkeit? Aber auf gar keinen Fall wollen wir es Fehler nennen?

– Nein. Oder ja, wenn Sie wollen. Wenn Ihnen das Wort Fehler lieber ist. Aber das ist kein Fehler in der Konstruktion. Es ist eher ein … na ja, in der Planung. Also, blame me. Das können Sie mir jetzt also tatsächlich vorwerfen. Wenn es Sie erleichtert. Ein Planungsfehler. Aber ich hatte Sie für klüger gehalten.

– Für klüger, weil ich einen Fehler gefunden habe? Weil ich einen Fehler gefunden habe, der besser nicht Fehler genannt werden sollte? Weil ich den Fehler besser nicht hätte finden sollen, um niemanden in seiner Künstlerseele zu kränken?

– Nein. Nein. Nicht *Sie* persönlich. Kein Grund, aufzubrausen. Ihre Spezies.

– Was?

– Sie alle. Ich hätte Sie alle für klüger gehalten. Wir mussten die dritte Tür zuschrauben, die wurde nie gebraucht.

– Muss ich das verstehen? War's das oder kommt da noch was?

– Da kommt nichts mehr. Die dritte Tür wurde nie gewählt.

– Und die fünfte auch nicht.

– Es gibt keine fünfte Tür.

– Dann weiß ich mehr als Sie. Ich habe sie gefunden. Da hinter der Deko, hinter den Toiletten.

– Mitarbeitertoilette oder Gäste? Männer oder Frauen?

– Ist doch egal, sehen doch alle gleich aus.

– Das ist, wie man immer wieder hört, das Problem.

– Was ist das Problem?

– Dass da hinten alles gleich aussieht und man die fünfte Tür nie wiederfindet. Ich habe häufiger schon – nein, eigentlich nicht so häufig – Leute hier gehabt, die die fünfte Tür gefunden haben.

– Also gibt es sie doch.

– Nein.

– Sie trauriger Clown. Das ist von allem Albernsten, was Sie mir bisher erzählt haben, das Alleralbernste.

– Sie hören mir nicht zu. Ich sagte, ich hätte schon häufiger Leute hier gehabt, die behaupteten, sie gesehen zu haben. Die kommen immer ganz aufgeregt aus der Deko gekrochen, ganz wie Sie, berichten mir hochmanisch irgendeinen Quatsch von Toiletten und Türen, hören mir nicht zu, und wenn sie alle meine weisen Ratschläge in den Wind geschlagen haben, kriechen sie wieder da rein und suchen die fünfte Tür.

– Und dann?

– Dann war's das. Zum zweiten Mal hat sie noch nie einer gefunden. Jedenfalls hab ich noch nie einen von ihnen wiedergesehen. Die kriechen immer da rein, weil sie denken, sie finden den Weg noch mal, oder auch, weil sie denken, dass sie mir was beweisen müssen, und man hört nie wieder von ihnen.

– Und deshalb gibt es die fünfte Tür nicht?

– Ockhams Rasiermesser. Ich habe die Tür nie gesehen, und ich glaube an nichts, was ich nicht selbst gesehen habe. Es gibt schon genug Spinner hier, die glauben den größten Quatsch.

– Und Sie selbst haben nie gesucht?

– Ich bin doch nicht verrückt. Wozu soll ich nach was suchen, was es nicht gibt?

– Ich habe die fünfte Tür gesehen.

– Und woher wissen Sie überhaupt, dass es die fünfte Tür ist?

– Weil die sie nummerieren.

– Das ist seltsam. Denn nicht alle nennen sie die fünfte Tür. Manche sagen auch die vierte dazu, sogar die sechste! Hier war auch schon einer, der sprach allen Ernstes von der dritten!

– Aber die dritte ist doch da und zugedübelt.

– Ja, genau! Daran können Sie auch sehen, was das für Spinner sind *(geht zur Drei, rüttelt)*. Verschlossen!

– Aber ich habe die fünfte gesehen.

– Und was macht Sie so sicher?

– Weil ich davorstand und eine Fünf drauf war.

– Vielleicht vertauscht ab und zu mal jemand die Zahlen? Wir lassen das Studio nicht bewachen, hier kann jeder rein und raus. Das ist eine offene Veranstaltung. Die Kameras sind alles Attrappen.

– Wozu das alles dann?

– Zu meiner Unterhaltung vielleicht? Weil ich gern solche Sachen baue?

– Dann haben Sie anscheinend vergessen, dass es eine fünfte Tür gibt.

– Das wüsste ich. Es gibt sie nicht.

– Natürlich nicht. So wie es in dieser Konstruktion keine Fehler gibt. Ich habe die fünfte Tür gefunden, und ich habe sie sogar geöffnet und weiß, was dahinter ist.

– Das ist nicht möglich. Niemand weiß, was dahinter ist.

– Woher wissen Sie das?

– Ich weiß es.

– *Woher* wollen Sie es wissen, wenn Sie nicht mal wissen, dass es diese Tür gibt und Sie niemals gesucht haben?

– Weil … ich davon gehört hätte. Die, die die Tür gesehen zu haben behaupteten – keiner von denen hatte die Tür geöffnet. Entweder sie war auch zugedübelt, oder sie hatten nicht den Mut dazu.

– Warum sollte das Mut erfordern, eine alberne Tür zu öffnen?

– Weil – es ist gegen die Regeln.

– Und wenn man es dennoch tut?

– Das weiß ich nicht.

– Ich dachte, das Regelwerk ist von Ihnen?

– Ja, aber die Regeln haben sich irgendwann verselbständigt. Da wollten zu viele Leute Extrawürste … für Verletzung der Regeln gibt es jedenfalls ganz verschiedene Strafen. Das hängt davon ab. Allemal sehr empfindliche. Säcken, stäupen, vierteilen, rösten auf kleiner Flamme …

– Das ist ja das reine Paradies für Arschgeigen wie Sie.

– Und was war da jetzt hinter Ihrer fünften Tür?

– Warum sollte Sie das bekümmern?

– Vielleicht sind Sie tatsächlich einem Fehler in der Konstruktion auf die Spur gekommen. Was ich nicht glaube. Beziehungsweise, ich bin sicher.

– Dann muss ich Ihnen ja nicht sagen, was dahinter war.

– Sagen Sie's mir trotzdem.

– Nö. Warum?

– Weil ich Ihnen dann vielleicht doch glauben würde.

– Warum sollte mir daran gelegen sein, dass Sie mir glauben?

– Weil Sie auch eitel sind.

– Geht so.

– Und weil Sie Angst vor den Strafen haben.

– Strafen wofür denn eigentlich? Dafür, eine Tür geöffnet zu haben, die nicht existiert?

– Genau deshalb. Hier herrscht Willkür, wie Sie sicher schon bemerkt haben. Also, sagen Sie's.

– Und dann? Was soll mir das nützen? Wenn alle Strafen willkürlich sind, kann mir das Sagen der Wahrheit hier auch nicht helfen. Dann ist alles egal.

– Wenn alles egal ist, können Sie's mir auch verraten.

– Nichts.

– Vielleicht könnte ich auch ein gutes Wort beim Chef für Sie einlegen, vielleicht gibt es einen kleinen Bonus für Sie. Ein kleines Freispiel sozusagen. Wenn Sie's mir sagen. Jetzt. Denn meine Geduld hat auch Grenzen.

– *schweigt*

– Und so interessiert es mich auch wieder nicht, was Sie da gesehen haben wollen. Ich kann auch ohne das leben. Ich kann –

– Sie hören mir nicht zu.

– Doch, ich lausche. Ich hänge an Ihren Lippen.

– Tun Sie nicht. Nichts, ich sagte es schon.

– Was sagten Sie schon?

– Hinter der fünften Tür ist nichts. Keine Ziege, keine Sense. Nichts.

– Sind Sie ganz sicher? Haben Sie ganz genau nachgesehen?

– Ja, natürlich, ganz genau. Sogar zweimal. Nichts.

– Das glaube ich nicht.

– Und warum denn nicht?

– Weil das nicht sein kann. Eine Ziege ist mindestens immer hinter jeder Tür. Oder ein Hase oder so was. Oder ein Stuhl mit einem Furzkissen drauf.

– Nichts.

– Sie lügen.

– Herrschaftszeiten. Dann sehen Sie doch selbst nach.

– Auf gar keinen Fall.

– Warum denn nicht?

– Bin ich etwa verrückt?

– Das scheint mir so.

– Nein – ich meine, Sie müssen sich geirrt haben. Ich mache keine Fehler.

V

Gattamelata

Er steht am äußren Rande einer Welt,
Die nach ihm lebt, zu wüst und ihm zuwider,
Und schaut auf das, was vor ihm steigt und fällt,
Gelassen hin. Denn alles geht vorüber.

Nicht viele achten ihn, bedrückt davor ein Kind.
Die meisten sehn ihn im Vorübergehen.
Und wenn sie längst vergangen sind,
Wird er gelassen noch die Welt bestehen.

21. Oktober

Mein Tee wird schwarz. Das Buch ist blau.
Ein Brief, ein Bild, ein Wandkalender.
Oktober färbt das Fenster grau.
An meiner Wand hängt noch September.

Ein Jahr ist es. Es ist ein Jahr.
Es ist nicht viel geblieben.
Protagoras sagt, nichts sei wahr.
Die Mieten sind bei uns gestiegen.

Am Ende zieh ich doch noch aus.
Ich kam heut wieder nicht zum Kochen.
Es ist so viel zu tun ums Haus.
Der Himmel hat sich ganz verkrochen.

Und keine Sonne scheint und bleicht.
Nicht mal ’ne kleine unscheinbare.
Das alles ist wie unerreicht.
Die Wahrheit ist auch nicht das Wahre.

Ich habe dich schon furchtbar lang,
Seit einem Jahr nicht mehr gesehen.
Mein Nachbar wurde gestern krank.
Es scheint die Grippe umzugehen.

Ich bin – es klingelt an der Tür –
Moment! – ich bin – kann offen bleiben! –
Ich bin ganz froh. Es ist halb vier.
Was wollte ich dir doch noch schreiben?

Das nächste Jahr kommt sicherlich.
Der Hausmeister macht Blätterhaufen.
Du weißt ja schon, ich liebe dich,
Und ich muss dringend Brot einkaufen.

Eines Tages, sicherlich,
Sehen wir uns so wie einst.
Schön wird das. Dann weine ich,
Wenn du nicht deswegen weinst.

Dann umarme ich die ganze Welt
Und mit Heldenmut auch dich,
Denn ich bin ein großer Held,
Eines Tages, sicherlich.

An A., auf einem runden, grauen Papier

Die stille Nacht umschweigt mich heimlichgern,
Nichts, was die Stille, nichts, was mich erschüttert.
Nur ein Geräusch, ganz leise und ganz fern –
Es ist der Mond, der in den Bäumen klettert.

Der scheint ganz bleich, wie Liebende ihn lieben,
Durchs Astwerk als ein graues Stück Papier.
Und weit entfernt hat jemand draufgeschrieben:
Siehst du den Mond? Ich auch. Er grüßt von mir.

Das Elend und die Welt

Seit mir dein Mund gefällt,
Weiß ich und geh zugrund,
Das Elend und die Welt
Sind unzertrennlich, und

Von Gram und Wodka pur
Bis unter Haut und Hemd
Und wider die Natur
Zerfressen und zertrennt,

Auf Knien bitt ich dich,
Erbarm dich endlich mein –
Du bist die Welt für mich,
Lass mich dein Elend sein!

Kleines Sommerlied

Ich bin auf einen Berg gestiegen,
Den man nicht steigen kann,
Und fiel ins Tal und blieb dort liegen
Und sah den Berg von unten an.

In meinem Blut lag ich dort unten
Und dachte lang an dich,
Und all mein Leid wär auch verschwunden,
Hätt ich gewusst, du denkst an mich.

Die Zeit schien mir wie Ewigkeiten.
Zwei Vögel kamen, und Getier.
Ich hörte einmal etwas reiten
Und sah ein Flugzeug über mir.

Ich sah die Wolken sich bewegen
Und wünschte mir – ich weiß nicht, was.
Nach jedem warmen Sommerregen
Versank ich blühend in das Gras.

Verschwommen lag ich dort im Feuchten,
Und bald fing mein Gebein
In dunklen Nächten an zu leuchten,
Grün wie im See der Mondenschein.

Es kam der Herbst, es kam der Winter,
Und streuten Laub und Schnee auf mich.
Im Frühjahr fanden mich zwei Kinder,
Da dacht ich längst nicht mehr an dich.

Brief

Als wir im frisch gefallnen Schnee,
Nur du und ich, spazieren gingen,
Den Fluss stromauf zum Wöhrder See,
An dessen Rand die Wolken hingen,

Und sahn den Vögeln frierend zu
Und dampften Dunst aus unsern Lungen,
Ich hatte einen nassen Schuh,
Und du hattest Erinnerungen,

Als wir dort sprachen über dich
Und sahn den Schnee ins Wasser treiben
Und schwiegen dann, da dachte ich,
Ich müsste dir mal wieder schreiben.

Trost No. 7

Dass ich verrückt war, ist vergessen,
Dass du mich liebtest, ist nicht wahr.
Ich denk nicht dran, und unterdessen
Verlier ich hier Moral und Haar.

Wenn man mich mal hinuntersargt,
Soll's gut sein und vorbei die Not.
Und falls man dich nach mir einst fragt,
Dann sag: Ach, ist der auch schon tot?

Ein paar Jahre

Ein paar Jahre sind vergangen,
Und du hoffst, dass du vergisst,
Doch du weißt nichts anzufangen,
Weil du nicht am Ende bist.

Und du sagst, du kannst nicht lieben,
Darauf sagst du, ist Verlass.
Und du findest: keinen Frieden.
Und du suchst: du weißt nicht, was.

Westensee

Wenn ich alt und glücklich bin
Und die Sonne freundlich lacht
Und ich kehr zurück dorthin,
Wo's mich einst fast umgebracht;

Wo der Wald den Himmel trägt,
Und das kleine Haus am See,
In dem längst ein andrer lebt;
Wenn ich dort am Ufer steh;

Wenn ich sage: Freundlich ist,
Dass wir alles überstehn;
Wenn mich der Verstand verlässt,
Wenn ich alt bin, das wär schön.

Dich allein

Ich habe dich allein geliebt
Und liebte später viele andre.
Wenn Gott so will und sich's ergibt,
Nehm ich das Bett und wandre.

Doch steter Tropfen höhlt den Stein.
Die Welt will von uns, wie wir wissen,
Um jeden Preis beschissen sein.
Nun ist es gut, sie ist beschissen.

Auch fühl ich schon vom Bleiweißblei
Den Knochenbrei mir angefressen,
Und irgendwann ist es vorbei
Mit meinem Vögeln und Vergessen.

Wenn man mich einst ins Erdreich pflügt,
Wird sich für mich nichts mehr verschlimmern.
Ich habe dich allein geliebt,
Du wirst dich nicht daran erinnern.

Reclam #67

Er hat mal einen umgebracht,
Der war ihm grad im Wege.
Er hat sich nichts dabei gedacht
Und tat das mit der Fuchsschwanzsäge.

Seither auf einer Eisenbank
Liegt er mit gelben Reclamheften
Und lässt sich stumm und lebenslang
Von ihnen das Gebein entkräften.

Träumt von der Freiheit wie vom Suff
Auf seiner Pritsche halb entkleidet,
Verliebt sich in Charlotte Buff
Und denkt sich nichts dabei und leidet.

Auf den Bergen

Ausgesetzt auf den Bergen des Schwachsinns
Weht uns die übliche Morgenröte um die Ohren;
Während die Bäume wie Automaten in den Himmel
wachsen,
Geht uns das Glück unserer Jugend, die Hemmung,
verloren.

Vor den Wagnissen des Daseins mühsam erblei-
chend,
Entdeckt man die kleinen Spiele, die Frauen und
Proust.
Dann entdecken wir nichts mehr, und schleichend
Vergeht so ein Leben, das auf der Hypophyse fußt.

Ich habe keine Ahnung, was mir die Zeichen ver-
künden,
Die andern zu Sinn verhelfen, zu Sozialismus und
Sicherheit;
Allein durch gelegentliches Ausüben der Todsün-
den
Schütze ich meine Seele vor der Unsterblichkeit.

Ich kann mich beim besten Willen nicht auch noch
um meine Mitmenschen kümmern,
Nur weil irgend so ein Schweinepriester das sagt.
Habe ich Gerechtigkeit verlangt? Ich kann mich
nicht erinnern.
Als meine Erbsubstanz versagt hat, wurde ich auch
nicht gefragt.

Die aufrichtigsten Empfindungen, die ich noch
vorzutäuschen bemüht bin,
Entnehme ich den herrlichen Büchern der Alten.
Ich kann das verstehen, und ich werde mich hüten,
Den Aufguss, der ich bin, für ein Dasein zu halten.

Das Schweigen

Am Abend, wenn der Himmel Glut wird,
Die Häschen husch das Feld durchmessen,
Wenn mir unendlich still zumut wird,
Und was ich wollte, ist vergessen –

Wenn sanft der Tau vom Himmel rollte,
Steh an den Eichbaum ich gelehnt;
Und hab vergessen, was ich wollte,
Wie schon in Zeile 4 erwähnt.

Auf dem Lande

Im Feld sitzt Lienchen zwischen Kühen
Und Melkmaschine und singt Lieder
Des Inhalts, dass die Blumen blühen,
Und Kühe grasen und käun wieder.

Der Abend graut in stillem Frieden,
Da stehen plötzlich hinter Lienchen,
Den Nebeln lautlos rasch entstiegen,
Die menschenfressenden Kaninchen.

Der Nebel fällt, die Vögel schrein.
Ein dumpfer Laut, es summt die Biene.
Und wieder einsam stehn im Freien
Die Kühe und die Melkmaschine.

Schlittschuh laufen

Die Stiefel weiß und schwarz im Schnee.
Und Risse donnern durch das Eis.
Der Tag geht langsam um den See,
Und auf den Bäumen wächst das Weiß.

Ein alter Mann steht unverwandt
Am Ufer und erinnert sich.
Er hebt die handschuhschwarze Hand
Und winkt. Der alte Mann bin ich.

Ich hab um dich geweint,
Mich aufgemacht, dich umgebracht,
Dich umgebracht und dich entbeint,
In meiner tiefsten Nacht.

Ich habe dich geliebt
Und nicht geliebt und nie gedacht,
Dass es noch größres Unglück gibt,
In meiner tiefsten Nacht.

Ich habe dich wie Rauch und Schall,
Wie alles Glück zu nichts gemacht,
Zum fernsten Staub im fernsten All,
In meiner tiefsten Nacht.

Nachwort

Was hätte der Autor dazu gesagt?

Geschrieben hat Wolfgang Herrndorf schon, bevor er Schriftsteller wurde. Um die Jahrtausendwende verabschiedete er sich von seiner ersten Kunst, der Malerei; die Lebenszeit, die ihm von da an noch vergönnt war, hat er ganz ans Schreiben gegeben. Greifbares Symbol dessen war sein Rechner, den er liebte und der ihm existenzielle Albträume um den Verlust einer Tasche bescherte: «mein MacBook drin, mein Roman, meine Arbeit, mein ganzes Leben.»[1]

Was dieser Rechner im Einzelnen an Texten enthielt, lässt sich heute nicht mehr benennen; die Dateien, die sich darauf befanden, existieren zum großen Teil nicht mehr. Sie wurden auf Wunsch ihres Autors vernichtet. Dabei ist nur das Wenigste von dem veröffentlicht worden, was Herrndorf geschrieben hat. Bei Ausbruch seiner Krebserkrankung im

1 Wolfgang Herrndorf, Arbeit und Struktur, Berlin 2013, S. 22. Eintrag vom 11.9.2011.

Frühjahr 2010 waren es im Wesentlichen ein Roman und ein Erzählungsband. Angesichts der Gewissheit, nicht mehr lange zu leben, quälte ihn schon in jenen ersten Krankenhaustagen der Gedanke, was aus dem nicht publizierten Teil seiner schriftstellerischen Arbeit würde:

> «(I)ch denke mit Verzweiflung an meine eigenen Projekte. Ich hab dreieinhalb Romane angefangen in den letzten Jahren, einen Jugendroman, einen in der Wüste spielenden Krimi mit B-Picture-Plot und einen Stimmenroman, zuletzt noch das Konzept zu einem SF-Roman, eine Hommage an Philipp K. Dick. Die ersten drei haben alle schon Anfang und Ende und jeweils zwischen 300 und 600 Seiten, aber nichts davon ist geordnet, richtig zusammengefügt oder überarbeitet. Diese Überarbeitung habe ich die letzten Jahre immer wieder in Angriff genommen und mich in immer neuem Material verloren, im jugendlichen Bewusstsein, noch ewig zu leben.»[2]

2 Arbeit und Struktur, S. 105.

Nach der ersten Operation blieben Herrndorf noch etwa dreieinhalb Jahre. Zeit genug, um sich nicht nur Gedanken zu machen; Zeit genug für einen ungeheuren Produktivitätsschub, zugleich aber auch für eine gründliche Sichtung und radikale Säuberung des eigenen Werks, und das in mehreren Stufen. «Die Festplatte aus dem alten Computer ausgebaut und zerstört»[3], notiert er am 3.7.2010. Einige Wochen später heißt es: «Wieder einen Ordner Prosatexte weggeschmissen, schlechtes Zeug, gestern schon einen Packen aufwendiger Zeichnungen, an denen ich in meinem Studium viele Monate gearbeitet hatte, meine ersten Comics. Alles schlecht.»[4] Weitere Einträge erzählen von der Vernichtung von Büchern mit Notizen, Korrespondenzen, Tagebüchern aus 28 Jahren: «An zwei Stellen reingeguckt: ein Unbekannter.»[5] So der Eintrag vom 23.8.2011, dazu, als Nachweis, dass es sich nicht um leere Worte handelte, das Foto einer mit Papier und Wasser randvoll gefüllten Wanne. Es war der Tag, an dem Herrndorf auch sein Testament schrieb.

3 Arbeit und Struktur, S. 68.

4 Arbeit und Struktur, S. 84f., Eintrag vom 21.8.2010.

5 Arbeit und Struktur, S. 232.

Aus all diesen Überlegungen und Handlungen spricht ein klares Nachweltbewusstsein. Es war Herrndorf nicht gleich, welche seiner Texte ihn überdauern und sein Bild als Künstler beeinflussen würden. Material, das seinen Ansprüchen nicht genügte, das ihm zu fragmentarisch erschien oder in dem er sich nicht wiedererkannte, weil er ein anderer geworden war, fiel dem zum Opfer. Die wiederholten Säuberungsaktionen sagen aber auch etwas aus über den Status der Texte, die von dieser systematischen Vernichtung verschont blieben. Dass Herrndorf beispielsweise Jugendgedichte – eine Gattung, für die sich zu genieren in der Regel leicht fällt – bestehen ließ und mit kritischen Kommentaren versah, ist eine Handlung, die einen Adressaten mitdenkt: die Nachwelt.

Wie also umgehen mit den Texten, die von der Löschung ausgenommen blieben? Das ist eine Frage, die sich bei jedem Nachlass stellt und auf die es selten einfache Antworten gibt. Im wohl bekanntesten Fall der Literaturgeschichte hat der vom Autor persönlich bestimmte Nachlassverwalter den Willen des Verstorbenen ignoriert. Franz Kafka hatte seinen Freund Max Brod kurz vor dem Tod beschworen, «alles was sich in meinem Nachlass (….) an Tagebüchern, Manuscripten, Briefen, fremden und eigenen, Gezeichnetem u. s. w. findet restlos und ungelesen zu verbrennen»[6]. Max Brod hat sich nicht daran gehalten, und die Nachwelt dankt es ihm. In anderen Fällen war es strittiger, ob ein Verstoß gegen den Autorenwillen nicht zumindest durch den literarischen oder sonstigen Wert der geretteten Texte legitimiert sei. Dies alles sind jedoch ohnehin keine Präzedenzfälle, denn im Unterschied zu ihnen hält sich die vorliegende Sammlung an das, was ihr Autor dazu schriftlich bestimmt hat.

Noch mit Herrndorfs expliziter Zustimmung postum veröffentlicht wurden der unvollendete Roman «Bilder deiner großen Liebe» und das digitale Tagebuch «Arbeit und Struktur». Herrndorf wusste, dass ein Zweierteam das Lektorat besorgen würde; zur Bedingung hatte er außerdem gemacht, dass keine Fragmente, Entwürfe, unfertige Dinge veröffentlicht würden. Diese Anweisungen hatten die Herausgeber auch bei der vorliegenden Auswahl im Gedächtnis.

6 Max Brod / Franz Kafka, Eine Freundschaft. Briefwechsel, hrsg. von Malcolm Pasley, Frankfurt am Main 1989 (S. Fischer), Seite 365.

Zur Auswahl und Gliederung

Was sich nach dem Tod Herrndorfs auf seinem Rechner befand, war zum Teil in einem Ordner mit dem Namen «Unbesehen Löschen» gespeichert[7]. Die Einrichtung eines derart benannten Speicherorts sagt auch etwas aus über die Texte, die sich nicht darin befinden: Dass diese eben nicht unbesehen bleiben sollen. Tatsächlich ist Herrndorf im verbindlichsten Schriftstück, seinem Testament, klar darin, dass er kein generelles Veröffentlichungsverbot erlassen hat: «Einige kleine Texte», könnten erhalten werden, nicht aber «Reste, angefangene Geschichten, Romane, Materialsammlung (…). Keine Fragmente aufbewahren, niemals Fragmente veröffentlichen».

Die Erben haben sich an den – auch mündlich bekräftigten – Imperativ gehalten und die entsprechenden Daten gelöscht. Aus dem, was übrig blieb

7 «Einen Ordner UNBESEHEN LÖSCHEN auf meinem Desktop eingerichtet und Freunde gebeten, gemeinsam dieser Aufforderung nachzukommen. Ich möchte, dass es am Ende mehrere sind und nicht ein Einzelner, der aus Neugier oder anderen persönlichen Gefühlen auf die Idee kommt, meine Entscheidung in Frage zu stellen.» Arbeit und Struktur, S. 54, Eintrag vom 11.5.2010.

– und das ist nicht viel –, haben Wolfgang Herrndorfs Witwe Carola Wimmer und sein Freund Cornelius Reiber eine Vorauswahl getroffen, aus der sich wiederum die Zusammenstellung in diesem Buch speist.

Was sind die Kriterien für die Auswahl? Aufnahme finden sollten nur Stücke, die für sich lesbar und von literarischem Wert sind. Fragmentarisches wäre dem Wunsch des Autors zuwidergelaufen; ebenfalls unberücksichtigt blieb aus demselben Grund, was nur als Dokument, Lebenszeugnis oder Reliquie Bedeutung gehabt hätte. Es ist eine heterogene, eine gute Mischung geworden.[8] Die Datierung war nicht bei jedem einzelnen Stück bis ins Detail möglich, aber mit Ausnahme der Gedichte, bei denen die Zeitangabe zum Teil 1988, zum Teil vage «alles während meines Studiums, manches vielleicht vorher» lautet, und einiger Texte aus den späten neunziger Jahren, als der Maler und Grafiker Wolfgang Herrndorf im Dunstkreis der Zeitschrift «Titanic» auch mal für diese, für die «taz», für den «Raben» schrieb, stammen die meisten Texte aus dem neuen Jahr-

8 Vgl. den Anhang mit den Angaben zu den einzelnen Texten auf den Seiten 191 f.

tausend. Den Löwenanteil machen dabei Beiträge aus, die Herrndorf zwischen 2001 und 2009 im von Christian Ankowitsch und Tex Rubinowitz gegründeten Internetforum «Wir höflichen Paparazzi» gepostet hat.[9] Dieses Forum war aus einem älteren mit dem Namen «Alles Bonanza» hervorgegangen, das Ankowitsch 1999 ins Leben gerufen hatte. Herrndorf schrieb dort ab 2001, unablässig und bis zu seinem Tod, auch als die Energie des Forums als Ganzen längst nachgelassen hatte. Die höflichen Paparazzi waren für einige Jahre ein Ort, an dem fast manisch Text produziert wurde, was auch bedeutete, dass viele der dort Schreibenden einen Teil ihres Lebens im Forum verbrachten und es so zu einer «unglaublichen Sozialmaschine» (Holm Friebe) machten. «Das Grundbrummen im Forum war zu Spitzenzeiten zu einem süchtig machenden Lebensmittel geworden», schreibt Tex Rubinowitz, «das für Außenstehende schwer vermittelbar gewesen wäre, weil es eben eine Dimension mehr lieferte, über den Text hinaus.»[10]

9 Die Herausgeber haben die ausgesuchten Texte inhaltlich und nicht chronologisch angeordnet.

10 Tex Rubinowitz, Bitte keine gelben Gesichter. Ein Essay, in: Der Standard vom 20. 3. 2016.

Zugangskriterien gab es keine, man meldete sich an und konnte losschreiben. Manche, und in besonderem Maße Herrndorf, gingen gleich mit mehreren Pseudonymen an den Start. Einige der Schreibenden waren bereits veröffentlichte Autoren, andere wurden es, aber die Zusammensetzung der Mitglieder hatte keinen beruflichen oder sozialen Nenner außer einem verbindenden Interesse am Text. Manche kamen, schrieben ein paar Monate und verschwanden wieder, für immer oder für einige Jahre. Der Umgang mit Texten war streng und begeisterungsfähig zugleich, «beinhart stalinistische Schreibschule» (Tex Rubinowitz)[11] wie «Idealbetrieb von Lesern und Schreibern» (Tobias Rüther)[12].

Herrndorfs Texte im Forum der höflichen Paparazzi sind, wie die der anderen Teilnehmer auch, zum großen Teil aus der Situation heraus und für die Situation geschrieben. Sinn ergeben sie nur in ihrem Kontext, auch ihr Stil und Humor leben von dieser

11 Zit. nach: Klaus Nüchtern, «Es war eine beinhart stalinistische Schreibschule», Die Welt, 7. 7. 2014.

12 Tobias Rüther, Der Stern. Lesen, Schreiben, Teilen: Zum Tod des Schriftstellers Wolfgang Herrndorf. Frankfurter Allgemeine Sonntagszeitung, 1. 9. 2013.

Umgebung kollektiver Arbeit. Daneben gab es aber auch einige Texte, die er für sich vorschrieb und auf seinem Rechner lokal sicherte, kleine Erzählungen, oft angeregt durch das Forum und teils nur dort veröffentlicht, teils auch zusätzlich andernorts. Aus diesem Korpus wurde ein Großteil der Texte für diesen Band ausgewählt: Texte, die Herrndorf also schon mit einer – wenn auch begrenzten – Öffentlichkeit geteilt hat.

Diese Social-Media-Herkunft erklärt möglicherweise auch, warum viele der Texte zwischen autobiographischem und fiktivem Schreiben zu changieren scheinen. Szenen, die an ähnliche aus den Romanen erinnern – die Fahrt mit einem gestohlenen Wagen durchs ländliche Ostdeutschland, Wandern im nächtlichen Wald –, tauchen hier in einer Form auf, die autobiographischer wirkt (oder wirken möchte). Das gilt vor allem für die Rückblicke in die Kindheit und Jugend in Abschnitt I, aber auch für diejenigen in Abschnitt II, aus denen die Erfahrungen und das Lebensgefühl des Wahlberliners Herrndorf um die Jahrtausendwende sprechen, der wiederum in vielem dem Erzähler aus «In Plüschgewittern» ähnelt.

Im Abschnitt III versammelt sind die eher reflektierenden Texte, zu denen der Autor selbst einmal mit der ihm eigenen ironischen Apodiktik notiert hat: «Falls ich jemals etwas anderes als reine Fiktion schreiben sollte, erschießen Sie mich bitte.»

Eine Sonderstellung in diesem Band nimmt das längere Dramolett «Akalkulie» im Abschnitt IV ein. «Akalkulie» hat Herrndorf, scheint es, in Verarbeitung seiner psychotischen Phase geschrieben, als das Nachdenken über die großen Fragen und die letzten Dinge sich immer ungebremster zu drehen begann. Der Text verhandelt dies auf so verstörende wie hinreißende Weise in den Kulissen einer schrottigen Privatsender-Gameshow.[13]

Im fünften Abschnitt schließlich sind Gedichte versammelt. Sie stehen, wie bereits erwähnt, am Beginn von Herrndorfs schriftstellerischer Produktion. Die erste Gruppe, gesammelt in einem Dokument mit der Überschrift «Gedichte an A.», bedient sich demonstrativ sehr traditioneller formaler Mittel; strenger Reime, kaum noch gebräuchlicher Strophenformen, klassischer Motive der Liebes- und

13 Wer eine Vorstellung vom erwähnten «Kanal Telemedial», laut Selbstdarstellung «erster spiritueller Sender in Europa», und seinem Protagonisten Thomas Hornauer haben möchte, findet bei YouTube aussagekräftiges Material zur Genüge.

Vanitaslyrik. Dies alles könnte epigonal oder juvenil wirken, aber wie in der Malerei, in der sich Herrndorf ja auch selbstbewusst in einer zwischen Parodie und verehrungsvoller Imitation flimmernden Haltung zur Kunstgeschichte eingerichtet hat, ist spürbar, dass er als junger Autor nach bewährten Formen sucht, um auszudrücken, was er als Individuum empfindet und denkt. Die bewusste Entscheidung zur Imitation wird bei den Gedichten aus dem zweiten Dokument zusehends ironisch gebrochen; auch formal geben sie sich etwas weniger regelkonform. Der Weg führte in Richtung satirischer Benutzung, und so wundert es nicht, dass aus Herrndorf kein Lyriker geworden ist.

Dieser Band wird der letzte mit neuen Texten von Wolfgang Herrndorf sein. Texte, die er vor der Vernichtung bewahrt hat. Texte, die bleiben sollten.

Marcus Gärtner und Cornelius Reiber

Nachweise

Die Überschriften über den einzelnen Texten stammen, wo vorhanden, vom Autor.

S. 7 Wir höflichen Paparazzi, 1. 12. 2008.

S. 13 Wir höflichen Paparazzi, 19. 5. 2001.

S. 17 Wir höflichen Paparazzi, 26. 7. 2002.

S. 19 Wir höflichen Paparazzi, 10. 6. 2004.

S. 22 Wir höflichen Paparazzi, 28. 9. 2009.

S. 27 Wir höflichen Paparazzi, 14. 9. 2002.

S. 33 Wir höflichen Paparazzi, 1. 1. 2003.

S. 36 Wir höflichen Paparazzi, 25. 5. 2003.

S. 56 Zuerst erschienen unter dem Titel «Eis» in Jörn Morisse / Karsten Kredel (Hg.), The Gold Collection. Neue Weihnachtsgeschichten, Suhrkamp 2007, S. 7–12. Transkript der textlich leicht veränderten Lesung bei der Bunnylecture «Tiere und Insekten» am 28. 4. 2004, online: https://www.youtube.com/watch?v=phg0OczPx5I.

S. 64 Der Text wurde vom Autor im «Literarischen Salon» im BKA-Theater am 3. 3. 2005 vorgelesen.

S. 70 Leicht verändert zuerst publiziert in: Die Tageszeitung (taz), 21. 12. 1999.

S. 73 Wir höflichen Paparazzi, 15. 11. 2003.

S. 79 Wir höflichen Paparazzi, 29. 7. 2004.

S. 80 Wir höflichen Paparazzi, 12. 4. 2009.

S. 84 Wir höflichen Paparazzi, 9. 7. 2003. Der Text war für die Ausgabe «Der Erste-Mal-Rabe» der Zeitschrift Der Rabe (Nr. 58, 2000) geschrieben, von den Herausgebern aber abgelehnt worden.

S. 90 Wir höflichen Paparazzi, 30. 7. 2006.

S. 97 Die Tageszeitung (taz) 10. 12. 1999.

S. 101 Wir höflichen Paparazzi, 18. 9. 2006.

S. 103 Wir höflichen Paparazzi, 15. 10. 2006.

S. 104 Datei «On Writing».

S. 105 Datei «On Writing».

S. 106 Datei «On Writing».

S. 109 Datei «On Writing».

S. 111 Zuerst erschienen unter dem Titel «Supremely Indifferent» auf riesenmaschine.de, 1. 1. 2006.

S. 113 Wir höflichen Paparazzi, 30. 9. 2001.

S. 117 Datei «Hoefliche Paparazzi 4» (nur dort auffindbar, das Posting ist möglicherweise bei einem Software-Crash des Forums 2005 verlorengegangen).

S. 119 Datei «Hoefliche Paparazzi 5» (ebenso).

S. 120 Zuerst erschienen auf riesenmaschine.de, 5. 7. 2006. Zuerst gedruckt in Holm Friebe u. a. (Hg.), *Riesenmaschine: Das Beste aus dem brandneuen Universum*, Heyne 2007, S. 146 f.

S. 122 Wir höflichen Paparazzi, 5. 5. 2001.

S. 124 Wir höflichen Paparazzi, 24. 7. 2001.

S. 125 Wir höflichen Paparazzi, 28. 9. 2001.

S. 127 Wir höflichen Paparazzi, 17. 11. 2001.

S. 128 Wir höflichen Paparazzi, 10. 4. 2002.

S. 129 Datei «Hoefliche Paparazzi 4» (siehe weiter oben).

S. 131 Datei «On Writing».

S. 135 Datei «Akalkulie».

Die Gedichte S. 157 bis 177 bilden eine Auswahl aus einer Datei, die unter den Namen VERS2 gespeichert und mit der Überschrift «[Gedichte an A.]» versehen war.

Die Gedichte S. 171 bis 177 sind ausgewählt aus einer Datei mit dem Namen VERS1 und der Bemerkung «[alles während meines Studiums, manches vielleicht vorher, das meiste Schrott]».

Das Zitat auf den S. 114 bis 117 hat Herrndorf folgender Ausgabe entnommen: Marcel Proust, Auf der Suche nach der verlorenen Zeit. Bd. 5: Die Gefangene, deutsch von Eva Rechel-Mertens, Frankfurt a. M. 1983, S. 246 ff.

Vita

Wolfgang Herrndorf, 1965 in Hamburg geboren und 2013 in Berlin gestorben, hat ursprünglich Malerei studiert. 2002 erschien sein Debütroman «In Plüschgewittern», 2007 der Erzählband «Diesseits des Van-Allen-Gürtels». Es folgten die Romane «Tschick» (2010), mittlerweile in sechsunddreißig Sprachen übersetzt, «Sand» (2011), ausgezeichnet mit dem Preis der Leipziger Buchmesse, sowie postum das Tagebuch «Arbeit und Struktur» (2013) und der unvollendete Roman «Bilder deiner großen Liebe» (2014).